メディアワークス文庫

君を、死んでも忘れない。

青海野 灰

目　次

人が死んだ後、最初に忘れられるのは、声なのだという。
忘却は救いの仕組みなのだと、誰かが言う。

「私を、覚えていてね」
でもその声さえも、いつか僕は忘れてしまうのだろうか。

これは僕が君と出逢(であ)ってから、君を忘れるまでの物語。

君を忘れようとしない、物語。

#1　私もうすぐ死ぬんだ、と、目の前の少女は笑って言った。

僕にとって生きることは、つまらない映画のエンドロールみたいなものだ。感慨も余韻もなく、心には何も残らず、ただ無意義で無価値な文字の羅列が耳障りな雑音と共に流れていくのを、読むともなくぼんやりと眺めているだけ。窮屈な椅子に体を丸めて座りながら、こんなもの早く終わってしまえばいいと思うのに、それはなかなか終わる気配を見せない。

その映画の内容は、人によって違うのだろう。中には、色鮮やかで、愉快な音楽が流れていて、素敵な演者に溢れていて、楽しくて仕方ない本編の只中にいる人もいるのだろう。そんな人は、早く終わってしまえなどと考えもしないはずだ。

でも、僕の映画の本編はもう終わっているのだ。それも、味気なく、色もなく、一人ぼっちの冴えない主演が頭を抱えてうずくまっているだけの、出来の悪い無声映画のようなもの。しかもそのエンドロールだ。楽しめるはずもない。

僕は気怠く息を吐き出した後、読みかけの本に栞を挟んで閉じると、寝転んでいたベッドからゆっくりと起き上がった。自室のレースカーテン越しに射し込んでくる外の光はもう暮れかけの、橙と紫を混ぜ合わせて水で溶いたような色合いになっている。冬は終わったとはいえ、まだまだ明るい時間は短い。今日も、自分の部屋に籠って本を読むことしかしていない。それなのに、世界は忙しなく動いているし、太陽は今日も律儀に昇って沈む。

そして不便なことに、大したこともしていないし、生きる気概もないくせに、この体は空腹を訴えてくる。不思議なものだ。僕の脳は病的に活動を放棄したがっているのに、それを十数年乗っけているこの肉体は、持ち主の意に反して今もこうして健全にエネルギーを欲している。

ドアを開けて部屋を出ると、暗い家の中はしんと静まり返っていた。誰もいないことは知っているが、もしかしたら僕が部屋で本を読んでいる間に、僕だけを残して人類がそっと絶滅したのだろうか、と、ふとそんな空想が浮かんだ。いっそ、そうであったらいいのに。

階段を下りて、リビングの電気を点け、冷蔵庫の扉を開ける。いくつかの調味料と、麦茶の入ったボトルと、賞味期限の切れた豆腐と、父親の飲む缶ビールくらいしか入っていない。朝から何も与えられていない胃の辺りが、持ち主の不摂生を咎めるようにきりきりと痛んだ。

とりあえず戸棚からグラスを出してそこに麦茶を注ぎ、言うことを聞かない身体を なだめるように流し込む。冷たさが喉を通って腹部に落ちていくのを感じながら、人が滅んだ後もこの冷蔵庫は健気に働き続けるのだろうか、なんてことを考えた。そう思うとこの小さな冷蔵庫が何だか哀れに思えて、その冷たい体をそっと撫でた。実際は、僕の方がよっぽど哀れな存在なのだろうけれど。

上着を着て、財布を持ち、家を出た。コンビニに行って何か食べ物を買おうと思ったのだ。空腹を抱えたままでは、読書で命の時間潰しをすることもままならない。

春のまだ弱々しい太陽は既に町の向こうに沈み、頼りない残光を、暗い空に疎らに浮かんだ雲に投げかけている。空気は冷たく、独り歩く僕の孤独を心地よく際立たせる。周りの家は明かりが点いていて、夕食の匂いなんかもして、通りを走る車の音も聞こえてきて、人類はまだ絶滅していないんだな、とまるで残念なことのように思った。

家から最寄りのコンビニへは、歩いて十分ほどで辿り着く。眩しいくらいに煌々と明かりを放つその店内に目を細めて入り、食料を物色した。

レジで会計を済ませ、サンドイッチ一つだけが入ったレジ袋を提げ、帰路を歩く。冷たい風がカサカサと袋を鳴らしている。早く帰って、これを食べながら、本の続きを読もう。
　やがて家の前まで辿り着き、ポケットからカギを取り出して玄関を開錠していると
ころで、背後から女性の声が聞こえた。
「ねえ」
　それがこちらに向けて発せられたものなのか分からず、僕はカギをポケットに戻し
てドアノブを摑み回そうとした。が、すぐにそれは止められた。
「ねえ！　今私を無視して家に入ろうとしているそこの君！」
　面倒くさい。小さく息を吐いてから、僕は振り向く。
　そこにいたのは、近所の高校の制服を着た、見たことのない小柄な女子生徒だった。
街灯の冷たい明かりの下で、寒さのせいか少し頰を赤くして、怒っているのか微かに
微笑んでいるのかよく分からない複雑な表情で僕を直視している。セミボブというの
だろうか、首元まで真っ直ぐに伸びる黒髪は艶やかに光を受け、天使の輪が頭に乗っ
ているのかと、一瞬錯覚した。
　家に入ろうとする人間を呼び止めたくらいだから、振り返れば何か話し出すのかと
思ったが、その女性は何も言わず、ただじっと僕を見つめたままだ。仕方なく、僕の
方から口を開いた。

「僕に何か、用ですか？」

「え、用っていうか……えーっと」

用もないのに呼び止めたとでもいうのだろうか。彼女は挙動不審に視線を動かした後、僕の手元の袋を見ると、話題を見つけて喜ぶように笑顔になった。

「あ、コンビニ行ってたの？　いいね。何買ったの？」

僕は心の中だけで眉をしかめた。特段親しいわけでもない、ましてや目の前の彼女にとっては初対面の相手に、自己紹介もなしになぜ買い物の内容を尋ねるのか。

きっとこの女子生徒も、明るい世界を歩んでいるのだろう。どうせ、無関係であるはずの、本来であれば交わる必要もない、僕の無味乾燥な余生に近付き、踏み入って、嘲笑い、束の間の優越感を得ようとしているのだろう。

「すみませんが、あなたには関係のないことです。失礼します」

それだけ言うと僕はドアを開け、家の中に入った。背中の方で、「あ、ちょっと！」と言っている声が聞こえたが、今度こそ無視してドアを閉めた。

カギをかけ、一つ息を吐き出してから、右手で胸の辺りについたゴミを払うように、胸中に発生した不快な感情を掃き捨てるイメージで、ぱっぱっと叩いた。嫌なことを忘れるのは唯一の得意なことだ。こんなもの抱えていたってしかたない。仄暗い記憶なんて、さっさと捨ててしまうに限る。ただでさえ、このエンドロールは暗いのだ。

サンドイッチを食べ終え、しばらく自分の部屋で本を読んでいると、階下で父親が帰宅する音が聞こえた。時計を見るともう二十三時だ。毎日帰りが遅く、何をやっているのか分からない。父親とまともに会話をしたのが何か月前だか、もう思い出せない。それを思い出す必要性も、感じない。

明け方まで本を読み続け、空が白んできた頃に、ようやく僕は眠った。

目覚めたのは、翌日の昼過ぎだ。時計とカレンダーの用途にしか使われていないスマホの画面を見ると、今日は金曜日であるらしい。父親は僕が眠っている間に出社して、どこかで昼食を食べ、既に午後の仕事を始めているのだろう。学校では生徒たちが眠気と戦いながら、授業を受けているのだろう。

こういう日々を繰り返していると、命の意味が希薄になっていく。

忙しなく動き続ける世界のその片隅で、水に落とした一滴の絵の具のように限りなく空虚に近い存在の僕が今もこうして息をしているということが、時折不思議に思う。流れ続ける時間の奔流から切り離され、意思も記憶も想いまでも薄れ、自分が何者かも分からないまま漂っている亡霊のように感じることもある。

けれど残念ながら僕が亡霊ではないことを、体が教えてくる。喉の渇きを癒すためリビングに下り、今日も健気に運転し続けている冷蔵庫の扉を開けた。賞味期限の切れた豆腐は父親が捨てたのか、なくなっていた。麦茶をグラスに入れ、それを飲む。賞味期限の切れた人間を捨ててくれるのは誰なのだろうか。そんなことを取り留めもなく考えながら。

昨日のコンビニでもっと沢山の食料を買えばよかったと後悔したのは、その一時間後だった。普段なら、父親が買って家に置いている食パンやカップ麺なんかを細々と食べるのだが、ここしばらくそれもない。

人間の体というのは、いや、人間に限らず生物というものは、定期的に熱量の摂取をしなくてはならない厄介な代物なのだ。それは昨日食べた一袋のサンドイッチだけで騙し通せるものではなかった。僕はしぶしぶ上着を羽織って靴を履き、玄関のドアを開けた。

「あっ、やっと出てきた」

外に一歩踏み出し、陽光の眩しさに目を細めた僕が見たのは、昨日の夜にコンビニから帰り家に入ろうとする僕を呼び止めた、名も知らぬ女子高生だった。

　彼女は昨夜と同じで、僕の家の前にある電柱のそばに立っているが、あれからずっとそこで立ち続けていたわけではないことは、彼女の服装が物語っていた。昨夜は高校の制服——紺色のブレザーとスカートだったが、今は白いロングワンピースの上にピンクのジャケットを着ている。それは雪の上に咲いた気の早い桜を思わせた。

　彼女は僕を見て、ふわりと笑ってみせた後、明るい声で言った。

「こんな天気のいい日に家に籠ってるなんてもったいないなぁって思ってたんだ。ねえ、どこかに出かけるんでしょ？　どこに行くの？　私もついていっていいかな」

「コンビニに行って帰って来るだけです。ついて来ても面白いことなんてありませんよ」

　そう言って僕が歩き出すと、その人は本当に後ろをついて来た。

　昨日もそうだったが、今日もこうして僕を待ち伏せするようなことをして、気味が悪い。追い払いたいが、家も覚えられているようだし、こういうおかしな人間は変に刺激すると何をしてくるか分からないから厄介だ。

「面白いかどうかは私が判断することだよ。それに、面白いことが起こらないなら、起こせばいいのさ」

　後ろを歩きながらそんなことを言っている。面白いことなんて、そうそう起こせるものではない。

僕はスマホで見た曜日を思い出し、柔らかな攻勢に打って出る。

「今日は金曜日ですけど、学校に行かなくていいんですか？　昨日は高校の制服着てましたけど」

「それ！」

「え？」

後ろの人が突然声を張り上げたので、僕は思わず足を止めて振り向いてしまった。

「敬語！　堅苦しいからやめようよ。君、何歳？」

「十七、ですけど……多分」

確かそのはずだった。希釈された亡霊のような生き方をしていると、自分の年齢や生まれた日付といったものも曖昧にぼやけて、どうでもいいものになっていく。

その人は目を細めて「あはは」と笑った。春の陽射(ひざ)しを受けたその笑顔が何だか眩しくて、僕は視線を逸(そ)らした。

「多分ってなんだよー、自分のことくらい自信持ってよ。私も十七。同じだね。だから敬語使わなくていいよ」

「いや、でも、親しいわけでもないですし、そんな急には」

「これから親しくなるんだよ。じゃあこれから敬語使ったら一回につき百円ね」

「なんですかそれ……」

「あ、さっそく使った！　百円ゲットだよ、ラッキー。代わりにコンビニで何か一個買ってくれるのでもいいよ」

滅茶苦茶だ。一方的に条件を提示して金品を要求してくるのは何らかの犯罪にならないだろうか。

僕は小さく息を吐き、本来の目的のためにコンビニに向かう行動を再開した。

「あ、……怒った？」

ぱたぱたという小さな足音と共に後ろから聞こえたその声が、これまでの雰囲気と違いあまりにも弱々しかったので、僕は言ってしまう。

「別に、怒ってはいないけど」

「よかったぁ。……いやぁ、最初からちょっと飛ばし過ぎかなぁとは思ってたんだ」

よく分からないが、己を顧みることはできるらしい。

「あ、ちなみにさっきの質問の回答だけど、今日は春分の日で学校はお休みだよ」

世間にはそんな祝日もあることを、半分亡霊のような僕はすっかり忘れていた。

彼女は当然のようにコンビニの中までついて来た。「何にしようかなー」などと言いながら、商品棚を見て回っている。

　僕はもうこんな面倒なことが起こらないよう、数日間外に出なくてもいいように、カップ麺やパンのコーナーで日持ちのしそうな商品を選び、いくつかカゴに入れていった。パンの棚から後ろを向くと、ウイスキーや焼酎、日本酒などのアルコールが並んでいるエリアだ。

　小説を読んでいると、そういったアルコールを飲む描写が出てくることも多い。特にニヒリスティックであったりデカダンチックな作風のものでは、ウイスキーが登場するケースが多いように思う。主人公の退廃的な孤独に、ウイスキーの香りや味、麻薬的な酔いが心地よく沁みるのであろうか。僕は酒を飲んだことはないが、そういった本を読んでいると飲んでみたいと思うこともある。

「え、お酒飲むの？　それはまだちょっと早いなぁ」

　いつの間にか隣に立っていた少女が、そう言った。

「いや、飲まない。ちょっと見てただけ」

「ふうん。あ、私これにするね」

　僕が持つカゴに勝手に入れられたのは、子供向けの菓子のようだった。「ねるねるねるね」と呪文のような文字が、色鮮やかなパッケージに書かれている。

「……なにこれ」

「え、まさかねるねるねるねを知らないとでも言うの？」

「いや、そうじゃなくて、なんで入れたの」

「さっきの敬語一回分のペナルティだよ。値段的にもちょうどいいし、久しぶりに食べたくなったんだ」

あれは冗談でもなんでもなかったらしい。僕はため息をついて、レジに並んだ。

精算後店を出て、レジ袋から「ねるねるねるね」を取り出し、彼女に渡す。

「ありがとう」とその人は笑ってから、「まさか最初のプレゼントがこれになるとはね」と再度笑った。

「君が選んだんじゃないか」

「そうだけどさ。――ねえ、近くの公園に水道あったよね、そこに行こう」

「……なんで？」

僕が問うと、なぜか彼女は不思議なものを見るような顔を向けた。

「え、ねるねるねるねを作るには水が要るんだよ。知らないの？」

「いや、だから、そうじゃなくて。家に帰って作ればいいじゃないか」

「それじゃつまらないじゃん。ねるねるねるねを敢（あ）えて外で作って食べるってのが面白いんじゃないか」

「じゃあ一人で公園に行ってやってくれ。僕は帰る」

　歩き出した僕は、すぐに上着の袖を摑まれて止められた。またふざけた話をされるのだろうと予想して振り返ったが、彼女の表情は、真剣なものだった。

「この後、とっても大事な話をします。それは君の今後の人生にも大きな影響を与えるものです。お願い、長い時間は取らせないから、聞いてください」

　呼吸一つ分の思考の後、僕は言う。

「それはここじゃできない話なの？」

　僕の問いに、彼女は静かにうなずいた。

　その表情が、彼女の纏《まと》う気配が、どこか悲愴《ひそう》な冷たさを含んでいるように思えて、僕は摑まれている手を振りほどけない。

「……分かったよ。行こう」

　そう言うと彼女は小さく微笑んで「ありがと」と言い、僕の腕を離した。

「ところで、さっき三回敬語使ってたから、三百円ね」

　僕の反撃に彼女は「うわ、しまった！」と言った後、どこか嬉《うれ》しそうに笑った。

　春が訪れたばかりのその公園は、まだ少し肌寒い風の中で、ちらほらと開き始めた桜の淡いピンクが、澄んだ青空の下で頼りなさげに揺れていた。

　子供たちが幾人か砂場や遊具で遊んでいるが、そこから少し離れた位置にある陽の当たるベンチを見つけ、彼女は座った。仕方なく僕も、その隣に腰を下ろす。

　先ほど言っていた「大事な話」を始めるのかと思ったが、彼女はねるねるねるねの袋を開け、内容物を取り出してベンチの上に並べ始めた。

「うわぁ、懐かしいなぁ、何年ぶりだろ。このちょっとケミカルな謎の味が美味しいんだよねー」

　薄く白いプラスチックの器と、小さなピンク色のスプーン、それにカラフルな小袋が三つ並ぶ。外袋にプリントされた作り方を流し見した後、彼女はプラスチックの器の端を切り取った。

「じゃあちょっと水を取ってくるよ。風に飛ばされないように、これ、押さえておいてくれる？」

　そう言うと僕の返事を待たずに、彼女は切り取った小さなパーツを持って、公園の端にある水道の方へ駆けていく。仕方なく僕は、残された材料を手で押さえた。白いプラスチックの容器には、丸い窪みと、何かのキャラクターの形をした窪みがそれぞれ一つずつ、並んでいた。

水道の蛇口を閉めた後は、持って行った小さなパーツに入れた水を零さないように、彼女はそろそろと慎重に歩いてくる。一分ほどかけてベンチに戻った後、容器の窪みの一つに、汲んできたわずかな水を注いだ。

小袋の一つを開け、中の粉状の物体を、水の入った窪みにさらさらと入れた。それをスプーンでかき混ぜると、緑色の粘性のある何かができ上がった。彼女はそこに二つめの小袋の粉を入れ、さらに混ぜる。すると緑色だったそれは、黄色に変わりながら膨らんでいった。確かにケミカルではあるが、今のところ美味しそうには見えない。

彼女は最後の小袋を開け、容器のもう一方の、キャラクターの形の窪みに注いだ。どうやらトッピングのようだ。かき混ぜた黄色い物体をスプーンですくい、顆粒状のトッピングに付けて、持ち上げた。そして彼女はそれを、僕の方に向けた。

「はい、どうぞ」

「え、意味が分からない」

「買ってくれたお礼に最初の一口をあげるよ」

「いや、僕はそういうのはいいから」

「いいから、食べてよ。ほら、早く」

　しばらく断り続けたが相手も頑として譲ろうとしなかったので、渋々僕はその小さなスプーンを受け取り、得体の知れない謎の物体を口中に入れた。

　恐る恐る味わう僕を、彼女はじっと見ている。そして言った。

「……どう？」

「意外と美味しい」

「それだけ？」

「うん」

「そっか」

　その表情に微かな陰りが見えたように感じたが、それは僕の錯覚かもしれないほどわずかなものだったし、あるいはその時僕たちに吹き付けた冷たい北風のせいかもしれない。

　彼女は僕からスプーンを奪うと、その粘性の物体をすくって食べ出した。普通、見知らぬ男が口に入れたスプーンを使い回したいとは思わないのではないだろうか。つくづく変わった女子高生だ。

「それで、僕の今後の人生に大きな影響を与えるという大事な話って、何なの。なぜ面識もない僕にしつこく関わろうとしてくるの」

「うん」

口に運んだねるねるねるねを飲み込んだ後、彼女は何かを考えるように正面を向いたまま何度かまばたきをした。

そして僕の方を向き、少しだけ照れ臭そうに、はにかむように、笑顔を作った。

春の光の中で蕾(つぼみ)だった桜がはらりと開いたように、僕には見えた。

そして彼女は、笑顔のまま、他愛ない世間話の続きのような声で、こう言った。

「私ね、もうすぐ死ぬんだ」

「……え?」

僕にはその言葉の意味が、すぐには飲み込めなかった。だって彼女は、生きる意欲もなく亡霊のような日々を送る僕とは正反対の、活気と生気に満ちた命を宿しているように見えていたから。その眩(まばゆ)さから、目を逸らしたいくらいだった。だからその輝きがもうすぐ消えるものだということが、現実味を伴って感じられない。

「……もうすぐって、どれくらいなの」

「うーん、細かいことは分からないけど、あと一年くらい、かなぁ」

彼女は自分の命の残り時間を、コンビニで商品の合計金額を暗算する程度の気軽さで答えた。

　あと一年――。十七歳という年齢で余命を宣告されるのは、どのような気持ちなのだろうか。僕はこの命を、早く消えてしまえばいい燃えカスのようなものと思っているけれど、普通の人はそうではないはずだ。

「……そう。何か、深刻な病気、とか？」

「うん」

「こんな風に気軽に外に出歩いていて大丈夫なの？」

「それは大丈夫。内臓とかじゃなくて、頭の中の問題みたいだから」

「余計に悪いように聞こえるんだけど……。ちなみに、病名は？」

　彼女は不機嫌そうに眉を寄せて、僕を睨んだ。

「余命わずかな女の子に病名を訊くなんて、デリカシーないなぁ」

「そういうもの？」

「そういうもの！」

　僕は内側に引きこもって、世間一般の常識であったり、人付き合いの機微のようなものから遠ざかって生きている。だから、そういうものだと言われれば、外側の世界で生きている人たちにとってはそういうものなのだろうと思うしかない。

「じゃあ、訊かないようにするよ」

「それでよろしい」

満足げに笑って、彼女はうなずいた。

「で、君が残り約一年の命というのは分かったけど、それが僕と何の関係があるの？」

「女の子が病気で死んじゃう物語って、いっぱいあるじゃない？　小説でも、映画でも、漫画でも」

また僕の質問とは関係のない話が始まった。

「まあ、僕もいくつか読んだことはあるよ」

「で、そういうのって大抵、根暗で本好きな、若干コミュ障気味な男の子が主人公で、明るくて元気だけど実は余命いくばくもない可哀そーうな女の子と出逢って、恋に落ちるじゃない？」

乱暴なまとめ方ではあるが、否定はできない。いわゆる「難病モノ」とカテゴライズされる物語の、テンプレートのようなものなのだろう。

残り一年の命を抱えているとは思えないような楽しげな表情と身振り手振りで、彼女は語り出した。

「男の子は最初全然乗り気じゃないんだけど、女の子に引っ張られて色んな所に行ったり、あれこれやらされてるうちに、次第に打ち解けて、楽しくなっていって、ヒロインが大切な存在になっていくんだ。でもやがて女の子は死んじゃって、主人公の男の子は泣き叫ぶんだけど、その悲しみを乗り越えて、彼女との想い出を抱き締めて、強く生きていく……みたいな！」

この先に言われることが、予想できるような気がした。

「私ね、余命を宣告された後、自分にできることって何だろうって考えたんだ。できること、というか、やりたいこと、やり残したこと、かな」

彼女は表情を引き締め、遠くの空を見上げて、言葉を続ける。その髪を、優しい風がひとつ、揺らした。

「死ぬことは当然怖いけど、でもそれ以上に、誰の中からも私の存在が消えてしまうのが、一番怖い。できることなら、誰かの心の中に、その人が死んじゃう最後の瞬間まで、ずっと残っていたい。そこまで私を強く覚えていてくれる人がいれば、その実感があれば、自分が消えることの怖さが、少し和らぐ気がするんだ」

誰が言ったかは忘れたが、人は二度死ぬ、という言葉があったように思う。一度目は肉体の死で、二度目は、誰からも忘れ去られた時。彼女はその、自身の二度目の死までも見据えている。それは、一度目の死を抗えないものと受け入れている証でもあるのだろう。

「私は、誰かの記憶に残りたい。誰かの想い出になりたい。私という存在を、一生忘れないくらいに、これ以上ないくらいに、その人の心に刻み込みたい。そう思ったんだ。――ううん、思った、じゃ弱いな。切望とか、渇望って言った方が近い」

その考えもまた、僕とは正反対だった。僕は誰の中にも残りたくない。世界のありふれた影のように、見捨てられた塵のように、名前も忘れ去られた雑草のようにひっそりと存在して、誰からも気付かれないくらいに淡く消えていきたいと思っている。

彼女は僕の方を向いてにこりと笑い、言葉を続けた。

「で、その相手に、君を選んだってわけ」

「それが一番謎なんだけど、なんで僕なんだよ。相応しい相手はもっと沢山いるだろう。学校とかにさ」

「だって君、とってもつまらなさそーな顔してるんだもん。心の中に楽しいことが何にも入ってなさそうで、私を詰め込むのにちょうどいいよ。見たところ彼女もいなさそうだし、難病モノの主人公役にはぴったりだな、って」

「なかなか失礼な物言いだね」

僕がそう言うと彼女は大げさに驚いた顔をして、わざとらしく右手を口元に当ててみせた。

「えっ、もしかして彼女いるの？」

「いや、いないけど……」

「ほら、やっぱり。じゃあラッキーだね。こんなにかわいくて明るくて楽しい女の子と、期間限定とはいえ恋人ごっこできるんだから」

誇らしげに胸に手を当てて、彼女はそう言い切った。「期間限定」という言葉に秘められた仄暗さが垣間見え、その過剰な自信さえも儚い虚勢に見えた。

「僕の意思は関係ないわけ？」

「どうせ暇なんでしょ？　一年くらい付き合ってくれてもいいじゃん。悪いようにはしないぜ？」

「荷が重いよ……」

彼女は誰かの消えない記憶になりたがっている。そうすることで、不条理に消え行く命を受け入れようとしている。それは相手にとって呪いにさえなり得る、なんと重い願いだろう。それを僕が背負えるとはとても思えないし、そんな面倒なものを背負いたいとも思わない。

僕は自分の足元に視線を落とし、口を開く。

「悪いんだけど、他を当たった方が——」

「それはだめ」

僕の柔らかな拒絶を打ち消すその声は、縋(すが)るような切実さを孕(はら)んでいて。視線を彼女に戻すと、真剣な表情で僕に向けるその目は、わずかに潤んでいるように見えた。

「私はもう決めてるんだ。重荷だったら、背負おうとしなくていい。私が死んだ後に忘れたかったら忘れたっていい。約束じゃなくて、一時的な契約の関係だと思ってくれればいい。それでいいから、だから、私と一緒に、いてほしい、です……」

最後の方はうつむきながら、今にも途切れそうな弱々しい声になっていた。

自らの消えそうな命を人質にするような「要求」は、正直ずるいとは思う。誰だって断ろうとすることに罪悪感が付きまとうだろう。

けれど、これまでとは印象の全く違う、春ののどかな光にさえ消えていきそうなその「お願い」は、どこか僕の希薄な命と深いところで共振するような気がした。

深く、ゆっくり、静かに、僕は息を吐く。

正直面倒だし、重い。でも、名も知らぬこの少女の泣きそうな顔を見ると、心の奥の深い場所がギシギシと痛んだ。この人を傷付けたくないと思う。なぜそう感じるのか分からない。でも僕は、胸の痛みに突き動かされるように、言ってしまった。

「……分かったよ、しょうがないな」

　少女は顔を上げた。驚いたようなその表情の上を、涙が一粒流れた。

「いいの？」

「ただし、過度な期待はしないでよ。僕は小説や映画や漫画であるような難病モノの主人公じゃない。高校にも行かず、家に籠って本ばかり読んでる、半分幽霊みたいなつまらない男だ。後で、やっぱりこいつは違った、なんて思っても知らないよ」

「うん、うん」

　彼女は真剣な顔で何度もうなずき、「全然問題ないよ」と言った。

「で、僕は君の名前も知らないわけなんだけど、なんて呼べばいいのさ。一年契約の恋人ごっこをするなら、呼び名がないと不便だろう」

「やっと名前、訊いてくれたね」

　そう言って笑った顔に、木漏れ陽が当たって揺れる。涙の跡が照らされて、それが綺麗なものだから、僕はまた、視線を逸らした。

「私のことはナナミって呼んで。君の名前は？」

「真宮、樹。好きなように呼べばいい」

「わかった、じゃあ樹って呼ぶ。これからよろしくね、樹」

「……よろしく」

ナナミと名乗った少女は、手で目元をぐしぐしと拭った後、両手で頬を叩いた。ぱし、ぱし、と、気合を入れ直すように二回。そして勢いよくベンチから立ち上がり、僕の前に立つと、笑顔を作った。

「樹、明日は何曜日でしょうか？」

「え、今日が金曜日なら、一般的には土曜日でしょ」

「さすが、正解！　じゃあ次の問題。晴れて恋人同士になった男女は、土曜日に何をするでしょうか？」

「ええ、知らないよそんなの……」

「答えはデートです。二人の想い出作りです！　というわけで早速明日はデートするから、オシャレな服を着てくるように！」

僕は一応頭の中で自室のクローゼットの中を思い浮かべてみたが、どういった服がオシャレなものと言えるのか、皆目見当がつかなかった。いつも通りでいいだろう。

「あ、そうだ樹、スマホ持ってる？」

「持ってるけど」

ポケットから取り出したそれを奪うように取り上げ、ナナミは何か操作をしている。

「うわ、アプリも連絡先も全然入ってないじゃん、寂しいね。でももう大丈夫、私のがここに追加されるから。それだけで君はもうリア充の仲間入りだよ」

「いちいち言うことが大げさだよね」

返されたスマホの画面を見ると、メッセンジャーアプリケーションの友だち欄で、父親の名前の下に「七海」が追加されていた。丸いアイコンには青い色彩の花畑のような写真が使われている。

「これでいつでも私と連絡が取れるよ。何でも気軽に送ってね」

そう言われはしたが、何でも気軽にメッセージを送っている自分の姿が想像もつかない。

「そして本日の最終問題です。私の名前は何でしょうか？」

「え……さっき自分で名乗ってたじゃないか」

「私の名前は何でしょうか！」

「ナナミ、でしょ？」

「もう一回」

「ナナミ」

「もう一回」

「ナナミ」

「ふふっ」

何が面白いのか分からないが、ナナミは嬉しそうに目を細めた。

「正解！　私の名前、ちゃんと、ずっと、憶(おぼ)えててね。忘れないでね」

「そうすぐに忘れたりはしないよ」

「うん。じゃあ、今日は、帰るね。明日の待ち合わせ場所とか時間とかは、後で連絡するから」

「分かった」

「また明日ね」

最後にもう一度笑顔を見せてから、ナナミは手を振って軽やかに駆けて行った。

公園のベンチに一人残されてみると、なんて面倒なことを引き受けてしまったのかという後悔が押し寄せてくる。完全に彼女のペースに乗せられてしまった。

僕の人生は無味乾燥なエンドロールであって、それを変えたいとも思っていない。目を閉じれば舞台はなお暗いままだし、周りには相変わらず誰もいない。そのまま静かに終わっていけばいいんだ。

でもさっきまで隣にいた、騒がしく喋(しゃべ)ったり笑ったり、かと思えば突然寂しそうに涙を流したりする変な女の子の表情や、声の残響が、瞼(まぶた)の裏や、耳の奥に、わずかに残っている。

七海：今日はありがとう♪　明日、松戸(まつど)駅に十時集合で！

その日の夜、ナナミがメッセンジャーアプリで指示してきたその集合場所は、調べてみると家からは電車に乗って四十分ほどの位置にある、この辺りではそこそこ大きめのショッピングモールがある駅だった。指定の時間に間に合わせるには、九時前には起床する必要がある。

樹　：早くない？

七海：健全な若者には余裕だよ

樹　：僕は健全な若者じゃないんだけど

七海：健全な老人？

樹　：不健全な若者

七海：明日、お買い物するから、そこそこお金持って来てね

自室のベッドに寝転がって慣れないスマホを操作しながら、まさか僕は騙されていて高額な絵や壺(つぼ)でも買わされるのだろうか、という懸念がよぎった。そうでもなければば、知己でもない女性が僕なんかにあそこまで執着するはずがない——と思うくらいには、僕は僕という人間を信用していない。

でも、騙し取られて困るような命や金でもないし、幸い父親が不思議なほど定期的に僕の口座に金を入れてくるから、別に騙されようが構わない、という気もした。そう思うくらいには、僕は僕の命を軽視している。

スマホを操作し、文字を打ち込む。

樹　：分かった

七海：（考え事をするパンダのスタンプ）

七海：樹はもうちょっと警戒心を持った方がいい気がするよ

七海：私以外の女の子に「お金持って来て」とか言われてもほいほいついてっちゃだめだからね

樹　：分かった

七海：ホントに分かってるのかな……

七海：まあいいや　明日楽しみにしてるね

七海：おやすみ

この言葉を誰かに送るのなんて、何年ぶりなのか、もう分からない。それを使った最後の日がどれくらい過去なのか振り返ろうとしても、そこは暗い靄がかかったように、何も見えない。

画面下部の日本語キーボードをフリックし、その簡単な四文字をゆっくり入力していく。そして送信ボタンを押した。

樹：おやすみ

反応はないかと思ったが、すぐにメッセージの横に「既読」の文字が付き、その後に、あくびをしながら電気を消すパジャマ姿のパンダのイラストのスタンプが送られてきた。

僕はスマホを横に置き、読みかけの本を栞の位置で開いた。

待ち合わせ時間を了承した手前、一応礼儀として目覚ましはセットしていたが、それは意味をなさなかった。

寝過ごしたわけではなく、アラームを設定した時間の一時間ほど前から十分置きくらいの頻度で、ナナミがどうでもいいメッセージを送ってくるのだ。

こちらは真夜中まで本を読んでいて体が満足に睡眠を補充できていないというのに、思慮や遠慮の欠片もない。それとも彼女の言う「健全な若者」というのは、これが普通なのだろうか。

　顔を洗って着替えをし、リビングで麦茶だけ飲んでから、家を出た。父親は今日は仕事はないはずだが、寝室にでもいるのか、姿は見えなかった。


　久しぶりの電車に揺られ、約束の駅には十時ちょうどに到着した。ナナミは既に改札の近くに立っていて、僕を見つけて微笑むと、小さく手を振ってくる。

「おはよう、樹」

「おはよう」

　彼女はメトロノームのように何度か体を左右に揺らした後、不思議そうな顔で僕を見上げて言う。

「『ごめん、待った?』とか言わないの?」

「……ごめん、待った?」

　ナナミはにへえと笑って「ううん、今来たところー」と言った。よく分からないが、この一連のやり取りは、不健全な若者である僕には知らされていない、デートの儀礼的なものなのかもしれない。

　改札に切符を通し、彼女の先導でショッピングモールに向かう。駅を出てすぐに見えてくる、八階建ての大きなビルだった。

「へえ、この駅、こんなに立派な店があったのか」

歩きながら独り言のように呟いた僕に、ナナミは振り返って「えっ、知らなかったの？」と言った。

「うん、初めて来た」

「……ふうん」

彼女は何かを考えているような表情になったが、すぐに背中を向け、モールの建物に入っていった。

店内は明るい光の中、軽やかな音楽が流れていて、人の数もそこそこ多い。土曜日の朝から、皆よくこんなに動き回れるものだな、と老人じみた感心をした。

ナナミは喉が渇いたと言ってフードコートでミルクティーを僕に買わせ、それを飲みながら店を見て回った。そしてアクセサリーショップでヘアピンを買い、雑貨屋でスマホのソケットを買い、服屋で僕のトータルコーディネートをすると言って何度か試着させせられた末に、ズボンからジャケットまで全部買った。もちろん、金を出したのは全て僕だ。

ペットショップに入って、ガラスの向こうで遊ぶ子犬たちに目を輝かせている時は、まさかこれも買えと言うのでは、とぞっとした。が、さすがにそこまでの異常性は持ち合わせていないようで、僕はそっと胸を撫で下ろした。

「ねえ、何で僕に払わせるのさ。欲しいものは自分で買えばいいいんじゃないの。お金持ってないの？」

「いいじゃん、私あと一年で死ぬんだし。ちょっとくらいわがまま聞いても罰は当たらないよ？」

「ここで余命を引き合いに出すのは卑怯だと思うんだけどね……」

「あはは、それそれ、難病モノの主人公のセリフっぽくていいよ！」

楽しそうに笑うナナミを前に、僕はため息をついた。目の前の少女は、本当にあと一年の命なのだろうか。肌の血色も良く、具合が悪いそぶりも見せないから、とてもそうは見えない。

そうやって僕を騙して、いいように弄ぼうとしているのではないか。そんな想像が再び膨らむ。けれど、昨日の公園で見せた寂しげな表情は、とても演技とは思えなくて、分からなくなる。

「楽しいね、樹」と彼女は微笑む。

「……それはなにより」と、僕はおざなりに返す。

まあ、何かを買って渡す度にナナミは大げさに喜んで、「ありがとう」と言って笑うものだから、その時は、悪い気分はしないのだけど。

ファストフード店でランチを食べた後、僕たちは屋上に出た。そこはちょっとした庭園のようになっていて、足元は人口芝が敷き詰められ、子供が遊べるような遊具と、いくつかの樹木が配置されている。空は晴れ渡り、澄んだ青をどこまでも広げている。空いているベンチに二人で座ると、涼やかな風が僕たちの間を通っていった。

いくつか雑談を交わした後、ふと気になったことを僕は訊いた。

「ところで、どうしてここなの？　微妙に遠いし、買い物するなら、もっと近くにも大きめの店はあるんじゃないの。今のところ、ここじゃないと買えないようなものはなさそうだけど」

「えっ、それはぁ、ええーっと」

ナナミはどこか焦ったように口ごもった。その様子で、僕はすぐに直感する。

「ああ、僕といるところを知り合いに見られたくないとか？」

「そ、そんなわけないじゃん、卑屈だなぁ樹はー」

慌てて否定しているが、それは裏返しの肯定に聞こえた。

分からなくはない。僕は暗くて、卑屈で、学校に行っていなければ仕事をしているわけでもない。そんな男と二人で歩いているところを友人や同級生らに見られるのは、とてもいい気はしないだろう。そう、分かってはいるが――

「ほら、休憩終わり。次のお店行こ」

ナナミはぱっと立ち上がり、逃げるように足早に歩き出した。僕も立ち上がり、その後ろ姿を眺める。

分かってはいるが。

この胸元に発生した仄暗い感情は何だろう。傷付くのは、期待しているからじゃないのか。そんなはずはないんだ。だってナナミは、最近出会ったばかりなのに契約の恋人ごっこを強要する変な女だし、買い物は全部僕に支払わせるくらい図々しいし、何より、あと一年で、死んでしまうんだ。

だから僕は、ナナミに惹かれるはずがない。

「樹ぃ、何してるの、置いてくよー！」

彼女は僕が立ち止まっていることに気付き、屋内への入り口の前で手を振って僕を呼んでいる。

僕は右手で胸元を二回叩いた。ぱっ、ぱっ。感情なんて、抱えていても邪魔なだけだ。僕は僕のエンドロールを、これまでも、これからも、独りで淡々と眺めるだけ。

その後も、ナナミは僕を連れ回していくつかの店を楽しそうに見て回った。僕の不健康な体があちこちで疲労を訴え出した頃、彼女がふらりと入ったのは、お洒落（しゃれ）な文房具店だった。

「次が、今日最後のわがまま」

そう言って彼女が指さした先は、日記帳のコーナーだった。革や紙の表紙が、色鮮やかに並んでいる。

「日記をつけるの？」

「私のことを考えながら、樹が一番良いと思ったものを選んで」

言われるがままに棚に並んだ日記を眺める。白、黒、赤、青、緑。キャラクターものだったり、綺麗な風景のイラストだったり、表紙だけでも様々だ。いくつか手に取ってぱらぱらと中を見てみても、一日分の枠が狭いものや、広いもの、天気や気温や食事内容まで記載項目が細かく分かれているものもあった。

しばらくして僕が選んだ日記帳を見て、ナナミは言う。

「どうしてそれにしたの？」

「この日記は、一日の区切りがない。ずっと白紙のページが並んでる。それが自由奔放な君のイメージに合ってると思って。それに、タイトルが気に入った」

それはシンプルな黒い革の表紙に、銀色の文字で「Forget You Not」と刻印された無地の日記帳だった。「君を忘れない」という意味の表題が、誰かの記憶に残りたいと願う短命の少女への贈り物に相応しいように思えた。

僕の言葉を受けて彼女は嬉しそうに目を細め、「そっか」とだけ答えた。

レジで支払いを済ませ、店を出てナナミに渡すと、彼女は「ありがとう」と言って受け取ったが、すぐにそれをそのまま僕に返した。

「はい、これは樹の」

「え、意味が分からない」

「日記をつけてほしいんだ。私と過ごした時間の記録を」

「なんで僕が……」

日記なんて、面倒なことの最上位に分類されるようなものだ。一日の終わりに机に向かってペンを走らせる自分の姿を想像すると、それだけでため息が出そうになる。

「昨日も言ったけど、あと一年の私の残り時間で、めいっぱい誰かの記憶に刻まれたいんだ。でも想い出って曖昧だし、時の流れの中で形を変えちゃったり、いつか風化して、忘れられちゃうものでしょ。だから文字にして、紙に書いて、記録にして、ずっと残してほしいんだ。樹の記憶で、樹の言葉で」

「これも、僕の意思は関係ないいんだね？」

「うん、関係ないね。薄命の美少女のお願いは素直に聞くのが紳士というものだよ、樹くん」

　彼女は茶化してそう言うが、その言葉はやはり柔らかなカミソリのように心に食い込んでくる。ずるいとは思うが、逆らえない。

「……分かった」

　僕がそう言うと、彼女はなぜか、少し寂しそうに微笑んだ。

　陽が傾き出した頃、そろそろ帰ろうということになりモールの建物から外に出た。が、ナナミは駅に向かわず、僕をひとけのない路地裏に連れ込んだ。

「僕は今からカツアゲでもされるの？」

「あはは」

　彼女が無邪気に笑う。その奥に見える、ビルの隙間に切り取られた空が、日没前の紫色に燃えていた。

「違うよ。今日買ってもらったヘアピン、つけてもらおうと思って」

「自分でつければいいじゃないか」

「分かってないなぁ。好きな男の子につけてもらうのがいいんじゃないか」

「僕たちは一年契約の、恋人ごっこなんでしょ?」

死ぬ前に、小説や漫画や映画の難病モノのヒロインみたいに、誰かの心に深く刻まれたい。彼女はそう言っていた。そのための契約の関係。仮初の恋人ごっこ。

でも目の前の少女は、少しだけ、泣きそうな顔をした。そしてそれを隠すように、笑顔を作った。

「そうだけど。でも、今は、昔からの両想いのカップルみたいな気持ちで、つけてほしいな」

そう言ってナナミは僕に一歩近付き、わずかに上を向いて、目を閉じた。口づけを待つようなその仕草に、胸の辺りが複雑に軋(きし)んだ。その微かな痛みを、僕は右手で払いのける。ぱっ、ぱっ、ぱっ。

手に提げていたいくつもの荷物の中から、最初に寄ったアクセサリーショップで店員から受け取った小さな紙袋を取り出す。テープを剝がして中の小袋も開けると、青く小さな花の装飾が先端に一つあしらわれたヘアピンが出てくる。

右手でピンをつまみ、左手で彼女の右耳の上辺りの髪に触れると、ナナミの体はぴくりと震えた。心なしかその頬が赤くなっているように見えるが、それはきっとビルの谷間から射し込んでいる夕焼けのせいだろう。

そのシルクのような細く繊細な髪に傷を付けてしまわないよう、慎重にピンを押し込んでいく。奥まで入ると、ナナミの髪に小さな青い花が一輪、咲いたように見えた。

「終わったよ」

僕がそう言うと、ナナミは両手でぱっと顔を覆った。

「はあ、緊張したぁ」

「なんで君が緊張するんだよ」

「だって、女の子が異性に髪を触らせるのって、特別なんだよ？」

「へえ、そうなんだ」

「反応が軽い！」

ナナミは僕の腹部を軽く殴った。

「……で、どうかな。似合ってる？」と、上目遣いでそう訊いてくる。

「問題ないと思う」

「言い方！」

今度は強めに腹を殴られた。「うっ」

「こういう時は、『似合ってるよ』って言うんだよ」

「似合ってるよ」

「えへへ、それでよろしい」

満足気に、ナナミは笑った。この少女が、一年後に死んでしまうとは、とても思えないような軽やかさで。

改札の前でナナミは、「私はまだちょっと用があるから、悪いんだけどここでお別れ」と手を振った。

「日記、忘れないでよね。絶対に書いてね。とっってても大事なことだから」

「善処するよ」

「あー、それやらない人の言葉！　書かなかったら死んだ後に化けて出て呪ってやるからね！」

余命一年の人間が言うとそれが冗談に聞こえないから困る。

「分かった、ちゃんと書くから。安らかに眠ってくれ」

「約束だよ」

首肯して、僕は改札を通った。人の流れに押されるように歩き、ホームに下りる階段の手前で改札の方を振り返ったが、ナナミの姿は人混みに紛れて見えなかった。


記憶と記録の間にあるものは、願いかもしれない。

その日の夜、ナナミに言われた通りに日記を書きながら、そんなことを思った。

記憶は移ろいやすく、ともすると無意識に加工、修飾され、またある時は真夏の蜃気楼のように、ふと気付くと跡形もなく消えてしまっていたりもする。忘れたくないものは腕の中に大事に抱えて美しく飾り付け、磨き続け、忘れたいものは遠くに追いやり、人生の道程の中でなかったものにしようとする。

忘れたい、であったり。忘れたくない、であったり。記憶はその曖昧な形の内側に、願いを内包している。それはきっと、人間が生きていく上で身につけた技術の一つなのだろう。見たものを一瞬で全て記憶してそれを何年も保ち続ける超記憶力を持つ人が、生きることにとても苦労している、という話を何かで読んだように思う。覚え続けることは人間にとって負担であり、忘れることは、自然なことで、自分を守るためでもあるのだ。

対して、記録は変わらない。意識して修正を加えることはできるが、自分の中で無意識のうちに形が変わってしまったり、霧のように消えてしまうようなことはない。

それは記憶と比べると冷厳なようであり、律儀で、生真面目なものとも思える。

記録は消えない。そこには喪失による救いもないが、消えないことによる救いを感じる人もいるのだろう。

だからナナミが僕に「記録」を依頼したのだろうかと考えると、彼女の願いの切実さが垣間見えるようで、面倒な日記を放り出すことはできなかった。

3月20日（金）春分の日　晴れ

食料がないことに気付き、昼過ぎ頃に買い物に出る。家の前で知らない女子高生に待ち伏せされていた。

コンビニでパンをいくつか買い、女子高生から「ねるねるねるね」を買わされる。

僕が彼女に対して敬語を使った罰なのだそうだ。意味が分からない。

公園に連れていかれ、「ねるねるねるね」を一口食べさせられた（意外と美味しい）。

彼女は残り一年の命であり、死んでしまう前に、難病モノのヒロインのように誰かの想い出になりたいのだという。誰かの中に自分が残るのを実感することで、死の恐怖を紛らわせようとしているのだろう。

僕がその相手に選ばれ、一年契約の恋人ごっこをすることになった。まったく、意味が分からない。しかし断ることも、悪いように思えた。（彼女は、少し泣いていた）
その女子高生はナナミと名乗った。勝手に登録されたメッセンジャーアプリでは「七海」となっているが、それが本名なのかは分からない。苗字を教えないのも、何か事情があるのだろう。

3月21日（土）　晴れ時々曇り

松戸駅のショッピングモールで、ナナミと買い物をした。ナナミは「デート」と言っていたが、デートがどういうものなのか分からない。僕たちは恋人ごっこをしているのだから、これは「デートごっこ」だったのかもしれない、と日記を書いている今、思った。

アクセサリーショップ、雑貨屋、服屋、色々回らされ、色々買わされた。いくつか店を冷やかした後、最後に文房具店で日記を買った。ナナミが使うものだと思ったが、僕が書くものらしい。それが今こうして、僕が頭を悩ませて書いている日記だ。黒いシンプルな革の表紙と、「Forget You Not」の刻印が気に入っている。

帰る前、路地裏で、ナナミの髪にヘアピンをつけた。目を閉じてじっと待つ彼女は、なんだか■■■■■■■■■■■■■■■■■■■■■■。

買い物は結局全て僕が支払った。モールにいる間は、余命を振りかざして恋人ごっこの相手に金を出させる少女に対し「なんて図々しい人間だろう」と思っていたが、今になって振り返ってみると、飲食物を除いてナナミの物になったのは、ヘアピンと、スマホソケットだけだ。二つ合わせても６００円程度。

あれで一応、遠慮もしていたのかもしれない。そう思うと、彼女に対して■■■■■■■■■■■■■■■■

ボールペンを使って書き始めたことを、途中で後悔した。鉛筆やシャープペンシルを使っていれば、気に入らない部分は消しゴムで消すことができる。でもボールペンではそうはいかないので、黒く塗りつぶした。

日記というクローズドな文章を書いていると、自分でも認識していなかったような、あるいは認識しつつも目を逸らしていたような、そんな感情や言葉が、まるで他人事のように流れ出てくるのだと、僕は密かに驚いた。

日記を閉じて椅子の上で伸びをしたところで、スマホが振動した。

七海：樹

樹　：なに
七海：日記書いた？
樹　：ちょうど今書き終えたよ
七海：えらい！　さすが！　すてき！
七海：（拍手するパンダのスタンプ）
樹　：呪われたくはないからね
七海：あ、今思ったんだけど、私に呪われるのってご褒美じゃない？
樹　：その謎の自信はどこから来るの
七海：死んだ後も憑りついて一緒にいられるならいいなって思ったの
樹　：じゃあ日記書くのやめようか
七海：それはダメ！
七海：ところで明日は何曜日でしょうか
樹　：日曜日
七海：正解！　天才！
七海：（クラッカーを鳴らすパンダのスタンプ）
七海：というわけでデートしよう

樹　：え、今日したじゃん
七海：デートは一日にしてならずだよ
樹　：それ使い方違くないか
七海：だって私のタイムリミットはあと一年しかないんだよ
七海：思いっきり楽しんで、いっぱい想い出を残さなきゃ
七海：私ね、行きたい所があるんだ

僕はため息をつき、静かな日曜日を諦めた。

その後もナナミは、重病人とは思えないアクティブさで、僕を様々な所に連れ回した。

平日になれば彼女も学校に行くだろうから、この面倒な「恋人ごっこ」も土日だけの辛抱だと考えていたが、それは甘かった。三月最終週はもう春休みになっており、四月序盤に連休が明けるまで、連日予定を詰め込まれた。学生にはこの時期、春休みというものがあるのだということを、学生ではない僕はすっかり忘れていた。

池のある広い公園だったり、動物園だったり、映画館だったり、アウトレットモールだったり、桜並木で花見だったり、テレビで特集されたという商店街で食べ歩きだったり——

僕が断ろうとすると、彼女はすぐに「命のタイムリミット」を持ち出した。残り時間は多くないのだから、休んでいる暇なんてない、と。時には目を赤く潤ませて懇願されることもあった。そうされると、もう何も言えない。

ようやく連休が明けて彼女の学校が始まった後も気は休まらなかった。休み時間ごとにスマホにメッセージを送ってくるし、放課後に落ち合う場所を指定されて、そこで夕方まで付き合わされる。カラオケ、ボウリング、ファミレス、公園、ファストフード店、デパート、ダーツにビリヤード……。よくもこんなにやることを日々思いつくものだと、僕は疲弊しながらも感心した。

四月終盤になると、今度はゴールデンウィークだ。ナナミのスケジューリングも苛烈を極め、連日遠出をさせられた。東京スカイツリーを見に行ったり、水上バスに乗ったり、寺巡りをしたり、遊園地に行ったり——

そんな日々を送っていると、夜になると健全に眠くなってくる。疲れ果てて夕方に帰宅し、シャワーと軽い夕飯を済ませ、日記を書き終えると、本も読まずにベッドに潜り込み熟睡する。その繰り返しがナナミと別れてからのルーティーンのようになって、もう一か月以上経（た）つだろうか。

5月8日（金）　晴れ

今日もナナミの学校が終わった後に、彼女の言う「デート」に付き合わされた。
時間的に部活もしていないようだし、毎日僕のような愛想のない男と遊んで果たして楽しいのだろうかと、我ながら疑問に思う。僕が言えるようなことではないが、彼女は学校で友人がいないのではないかと、余計な心配までしてしまうくらいだ。同性の気の合う友達でもいるのなら、僕よりもそちらと遊んだ方が、余程充実した時間を過ごせるはずなのだが。
いや、でも、高校の教室で休憩時間も一人机に座って、誰とも話さず静かに文庫本でも読んでいる彼女の姿を想像すると、それは普段のナナミとまるで似ても似つかず、全くの別人のように思える。（僕としてはそういった静かな人間の方が好感が持てるが）
きっと学校でも彼女は、賑（にぎ）やかに友人を巻き込んで、あれこれと楽しく過ごしているのだろう。その方がナナミのイメージに合う。彼女は僕とは違う、華やかな映画の本編の中にいる人なのだから。（しかし彼女主演のその映画は、遠くない未来での主人公の死という、暗い終わりが見えているのだが）

脱線してしまった。

今日の「デート」は、またボウリングだった。以前行った時に大した点を取れなかったリベンジ、だそうだ。あのゲームは、本当に僕の性に合わない。重いボールを持って、転がして、並べられたピンを倒す、というその一連の行為に、一体何の意味があるというのだろうか。おかげで右手に変な疲労が蓄積していて、ボールペンを持つ手が今、若干震えている。

日記を閉じてベッドに入ったところで、スマホが振動した。無視して眠ってしまえばよかったと僕が後悔したのは、通知をタップしてすぐだった。

七海：樹、日記書いた？
樹　：書いた
七海：えらいねえ　よしよししてあげる
七海：（ぬいぐるみを撫でるパンダのスタンプ）
樹　：ありがとうございます
七海：ところで明日は何曜日でしょうか
樹　：一般的には、土曜日

七海：というわけで水族館にいこう♪
七海：（水着で泳ぐパンダのスタンプ）
樹　：え、泳ぐの？
七海：いやいや、水族館っぽいスタンプがなかっただけで
七海：私もそんな常識知らずじゃないよ……
樹　：今日はかなり疲れてるから、明日はゆっくりしたいんだけど
七海：おじいちゃんか！
七海：樹が家で一日ごろごろしている間にも、私の命はなくなっていくんだよ
樹　：僕の意思は
七海：関係ないね

僕はナナミと出会ってからもう何度目かも分からないため息をついた。

今度は電車で一時間ほどの位置にある、葛西臨海公園（かさいりんかいこうえん）という海沿いに広がる大きな公園の中にある水族館が目的地のようだ。

ナナミの体力は一体どうなっているのだろうか。一般的な高校生というものは、皆こういうものなのだろうか。約束の時間に間に合うようにアラームをセットして目を閉じると、すぐに泥のような眠りが僕の意識を奪った。

　翌日、慣れない電車を乗り継いだ先にようやく辿り着いたその公園は、まるでテーマパークのような雰囲気だった。

　入り口では噴水がしぶきを上げ、離れた位置には大きな観覧車まで見えた。家族連れやカップルなんかも多く、少し早く着いてしまった結果噴水の脇で一人立っている僕は自分が場違いな存在のような気がして、肩身の狭い思いをしている。この幸福の象徴のような場所に、僕なんかが存在していていいのだろうかと感じる。強い光は、影をより強くするのだ。

　だから駅の方からナナミが歩いてくるのを見つけた時は、少しほっとした。そう感じる自分に、微かに驚きながら。

「ごめん、待った？」

　ナナミは僕の前まで来ると微笑んでそう言った。

「十分くらいかな」

「こういう時は、今来たところだよ、って言うんだよ」

「今来たところだよ」

「ふふふっ」

楽しそうに笑うナナミの髪には、右耳の上辺りで青い花が今日も咲いていた。最初のデートで僕がプレゼントしたヘアピンだ（プレゼントといっても、半ば強制的に買わされたようなものだが）。彼女は僕と会う時いつも、律儀にこのヘアピンをつけて来る。

「じゃあ」ナナミは、僕の方に右手を差し出して言った。「行こうか」

「その手は、何？」

「繋ぐんだよう。周りのカップルを見てみなよ。みんな手を繋ぐか腕組むかしちゃってるよ」

「だからって僕たちにそれをやる義務が発生するわけじゃない」

「いいからぁ、早くこの手を取ってよお。私の寿命が縮むよ？」

仕方なく僕は左手を出し、彼女の手を摑んだ。自分から差し出したくせに、ナナミは僕に手を摑まれると驚いたように体をぴくんと震わせ、下を向いて顔を隠した。

左手の中のナナミの右手は、小さくて、柔らかくて、温かくて、力を入れれば壊れてしまいそうな、繊細な感触だ。彼女の命の脆さをこの手に握り締めているようで、持ち主の意思と関係なくそこに刻々とヒビを刻んでいく、理不尽なタイムリミットのことを思った。

歩き出すこともなく、不自然に手を繋いだまま黙って向き合っている僕たちを、近くを通り過ぎる二人組の男女が小さく笑った。

「初デートかな、かわいい」と女の方が小さい声で言ったが、それは僕の耳にも届いた。ナナミにも聞こえたのだろう。彼女の耳が赤くなっていくのが見えた。

「ま、まだちょっと早いかな。お互いにもっと慣れてからにしようか」

そう言って僕の手から自分の手を引き抜いた。

「やー、今日は暑いねぇ。ほら、行こう。時間は有限だよ」

足早に歩き出した彼女を、僕は追いかける。空には、僕たちが密やかに抱え続ける苦悩なんて気にも留めないような、呑気なホリゾンブルーが広がっている。


チケットを買って、水族館の建物に入った。中は照明が極限まで抑えられており、代わりにいくつもの水槽から透き通った青い光が、暗闇に滲む月明かりのように灯っている。その光景は、自分の部屋のベッドに寝転んで本を読んでいるだけでは出会えるはずもないもので、僕にしては珍しく、心の中で感嘆した。

「私、水族館って好きだな」と、壁のようなガラスで仕切られた巨大な水槽を見ながら、ナナミが静かに言った。

「へえ、どうして？」

「静かで、太陽の光から隠されてるから、自分を偽る必要がない気がする。なんていうか、心の中に閉じ込めてる本当の自分が、ゆっくりと解き放たれていくような——そうなっても、許されるような」

周りの人を気にして抑えているのもあるだろうが、その声はどこか、いつもの潑剌としたナナミのものと違って聞こえた。青い月に照らされたような彼女の視線の先で、無数の銀色の魚がひらひらと舞う。僕もそれを、ぼんやりと眺める。

ここは夜なのだろうかと錯覚する。眩い世界から取り残された、夜。

そこで僕たちは、寄る辺もなく佇んで、銀色の雪を見ている。

終わりゆく命を抱える少女と、命の終わりを待つ亡霊のような男。

ここでなら、自分がゆっくりと解き放たれていく。呼吸ができる。

光の中では、それは許されないような気がしている。

自分が傷だらけのような気がしてくる。

とても大切なものを失ったような気がしてくる。

喧噪も雑音も消えていく。世界に僕たち二人だけのような気がしてくる。

深海に浮上するような、星空に沈んでいくような感覚。

境界線が意味を失って、現実が曖昧にぼやけて、心が淡く拡散していく。

取り残された僕たちは、不完全な僕たちは、不器用に寄り添い合う。

僕は隣に立つナナミの手を握った。それは自然なことのように思えた。

彼女は一度僕を見て、そして水槽に視線を戻した。

ナナミが死ななければいいのに。僕はなぜかそう思った。

それは、自然なことのように思えた。


僕たちは手を繋いだまま、静かに館内を見て回った。名も知らぬいくつもの魚が色鮮やかに泳いでいて、この星に溢れる色彩の多さについて僕は考えた。

サメが窮屈そうに泳いでいて、ヒトデが死んだように眠っていて、イソギンチャクが忙しなく揺れていた。ペンギンの水槽では、ナナミが「かわいい」と言って笑った。

館内の明るいレストランに入り、繋いでいた手を離すと、ナナミはいつもの調子を取り戻した。

「水族館で魚見た後にまぐろカツカレー食べるとかさ、ちょっと背徳な感じしない？

牧場で羊を見てかわいいって思った後に、ジンギスカンを食べるのに似てるかも」

「分かる気がする」

食事の後、二階にあるギフトショップで、ナナミはカクレクマノミのぬいぐるみを買った。まあ、お金を払ったのは僕なのだが。

彼女は僕からぬいぐるみを受け取るとそれを胸元に抱き締め、「ありがとう、樹」と笑って言った。どうせ僕が持っていてもましな使われ方をしない金だ。余命わずかな少女を少しでも笑わせることができたなら、それは有効な使い道と言えるのではないだろうか。

水族館を出た後は、公園を散歩した。五月の柔らかな風は潮の匂いがして、あちこちで咲く花を優しく揺らしていた。

橋を渡った先に小さな島のような渚があり、そこにあった自動販売機でサイダーを買って、砂浜に立って二人で飲んだ。海も、空も、こんなに広いものだったのか、と僕は思った。まるで、これまで認識はしていたはずなのに、今生まれて初めてその実物を目にしたかのような、そんな気分だ。

サイダーは海と風と水平線を思わせる青い味で、パチパチと弾けながら喉を通っていく。ナナミは靴を脱いで裸足になり、スカートを風になびかせながら砂浜の上を踊るように走って、笑った。

「ねえねえ、水族館のチケット持ってると大観覧車が一割引きなんだって！　行こう！」

　陽も傾きかけた頃、ナナミはそう言って僕の手を摑んで引っ張っていく。

「手を繋ぐのは、もう平気なの？」と僕は訊いた。

「慣れたよ。だって、私たちの時間は限られてるんだから、照れてたらもったいないよね」

　近付くにつれ、その観覧車の大きさが並外れたもののように思えてくる。ナナミがパンフレットを見ながら、そこに書かれた文字を読んだ。

「直径一一一メートル、高さ一一七メートル。日本最大規模の観覧車で、一周約十七分の空中散歩だって。すごいね！」

　チケットを買い、列に並ぶ。そこにいるほとんどがカップルで、たまに子供を連れた夫婦がいるくらいだ。こんな煌びやかな場所に自分がいるということが、改めて不思議に思う。

　やがて僕たちの番が来て、スタッフに案内されてゴンドラに乗り込んだ。観覧車に乗るという経験が人生の中で存在しないため、乗り込む時にグラグラと揺れるのではないかという危惧があったけれど、それは案外どっしりと安定しているのだと、僕は知った。

　向かい合うように座席に座ると、目の前のナナミはにこにこしていた。

「楽しそうだね」と僕は言う。

「楽しいよ。だって十七分も観覧車に乗っていられるんだもん」

　ゴンドラ内では、この観覧車や景色の解説をする音声が、クラシック調の音楽と共に流れている。

　直径一一一メートルの巨大な円環はゆったりと回転し、緩慢に僕たちを空へと持ち上げていく。公園の緑が見え、駐車場が見え、遠くには暮れかけの海の、青とオレンジのグラデーションも見えてきた。

　初めはわーわーと声を上げてはしゃいでいたナナミだが、半分ほどの高さまでゴンドラが上がった辺りで次第に静かになっていった。そして、落ち着いた声で言った。

「ねえ、樹」

「なに」

「頂上に着いたらさ、キス、してみようか」

　視線を景色からナナミに移す。彼女は、座ったままゴンドラの壁に肩を預けて、窓ガラスから外を眺めている。笑ってはいなかった。

「どうして」

「恋人たちは観覧車でキスをするのが定番らしいよ」

「僕たちは、『ごっこ』なんだろう？」

彼女は横顔のまま、少しだけ寂しそうに目を伏せた。

間違ったことは言っていないはずだ。だってこれは、ナナミが提案してきたこと。一年契約の恋人ごっこ。重荷だったら、背負おうとしなくてもいい、と。

「そう、だけど」

「君も僕を好きなわけではなくて、死ぬ前に遊ぶ相手にちょうどいいと思ったから選んだんだろう？　なら、そんな相手と、無理にキスをすることはない」

ナナミはゆっくりと息を吐き出してから、真面目な表情で僕の方を向いた。

「樹は、好きな人、いるの？」

「家に籠って本ばかり読んできた男に、そんな相手がいると思う？」

「真面目に答えて」

「いるわけないだろう」

「……そっか」

彼女はなぜか悲しそうに笑った後、両手で自分の頬をぱしぱしと叩いた。そしてこれまでのような、朗らかな声で言う。

「そうだよね、キスはまだ早かったな。私ちょっと焦ってた。ごめんね」

「別に謝ることではないけど」

「うんうん、お互いにもっと、ちゃんと好きになったら、その時にまた考えようか」

「そんな日は来ないとは思うけど」

「えー、分かんないじゃーん。まだ十か月くらいはあるんだし」

僕はため息をついた。彼女は肝心なことを分かっていない。僕がナナミを好きになれるはずがない。

だって、そうだろう。もし目の前の少女を好きになって、愛おしく思って、大切な存在になって、離れがたくなって、そうしたら、どうなる。すぐにナナミは、死んでしまうんだ。

それこそが彼女の願っていることなのかもしれない。自分が死んだ後も消えないくらい、相手の心が血を流すほど、深く深く刻まれたいのかもしれない。けれどそれがどれだけ残酷なことか、ナナミは理解しているのだろうか。大切で仕方ない人が、自分を独り残して逝くことの痛みを、少しは想像したのだろうか。

ゴンドラは穏やかなＢＧＭと共に、呑気に頂上に近付いていく。ナナミは体をひね

って、後方の、先に頂上に到達した先客の方を見ながら、

「あ、あっちのカップル、キスしてるよ！　きゃー、隣のゴンドラからこんなに見えちゃうものなんだぁ。これはちょっと恥ずかしいなぁ」

なんて言ってはしゃいでいる。

数時間前に僕たちが入っていた水族館の屋根が見えた。二人で並んでサイダーを飲んだ浜辺も見えた。遠く果てなく広がる海は、夕焼けの赤に燃えながら揺れていて、無数の光の矢を放っている。きっと今、僕が僕でなければ、世界は素晴らしく、美しいものだと、そう思うのだろう。

そんな光景の中、ナナミがこちらを振り向いて、少し赤くなった顔で、はにかむように笑う。

それを見て僕は、この胸元に発生した心地よい痛みを伴う温度を、凍らせて掃き捨てるイメージで、右手で叩いた。ぱっ、ぱっ。

「ん？　ゴミでも付いてた？」

ナナミの問いに僕は、視線を窓の外に逃がして、「そうだよ」とだけ答えた。

観覧車を降りると辺りはもう宵の薄暗がりになっていて、代わりに観覧車が白くラ

イトアップされ、夜の中に咲いた巨大な光の花のようになった。周りにいた人たちもそれを見上げて歓声を上げている。

僕の腕に触れそうなくらいの近さで隣に立つナナミも、「綺麗だねえ」と言った。

「樹。今、思いついた」

「なに」

「夏は、花火を観に行こう。私、浴衣着ていく」

「そう」

「海にも行こう。水着、どんなのが好き？」

「とても余命十か月の重病人とは思えない言動だね」

「だから、身体は問題ないって前に言ったじゃん。脳の問題なんだから」

「それは、治る見込みはないの？」

「前例がないんだって。だから、今の医学だと、投薬でも、手術でも、打つ手がないみたい」

「……そう」

この国では、一日に約三千人が亡くなっている。そして一日に約三千人が産まれているらしい。世界規模で見ればその数はもっと膨大になるだろう。僕たちがこうして光の花を見上げている今も、どこかで誰かが死んでいて、誰かが泣いていて、そしてまた別のどこかで、誰かが産まれ、誰かが笑っているのだろう。

　人はどうしようもなく産まれて、死んでいく。人類はそのひとつひとつの喪失の全てに嘆いている暇も、義務も、ない。やがてナナミに訪れるのであろう理不尽な最期も、その中のひとつに過ぎない。あらかじめ終わりが見えているのであれば、必要以上に心が近付かなければ、それを悲しむ必要もない。

　だから僕は、彼女を好きになることは、ない。

「そろそろ、帰らなきゃね」とナナミが言う。

「うん、帰ろう」と、僕は応えた。

　帰りの電車ではお互いに何も喋らず、最後の乗り換え駅の改札前でナナミがようやく口を開いた。

「今日はありがとね。日記、書いてね」

「分かった」

　彼女は微笑んで、手を振る。僕はうなずいて、一人改札を通った。そういえばナナミはどこに住んでいるのか分からない。でもそれも、考えるのをやめた。

　自分の部屋で日記を書いた後、疲れ果てていた僕は、意識を失うように眠った。

5月10日（日）晴れのち曇り

昨日の水族館の疲れがまだ残っているのを感じる。今日は日曜だが、珍しくナナミからの連絡がなかった。いや、珍しく、というよりも、初めてのことだ。

考えてみれば、やがて死ぬナナミとの記憶を記録として残すことがこの日記の目的で、彼女の願いであるのだから、ナナミと会ってない日は書かなくていいのではないか。しかし後から文句を言われても面倒だから、僕は今日もこうしてボールペンを走らせている。

それに、言葉を考えて書き記していくという行為が案外楽しいものだと、僕はこのひと月ほどで思い始めている。究極に内省的なこの時間に、心が静かに落ち着いていく。

ここしばらく、疲れ果てて早く眠りについているから、今日も普通に朝と呼べる時間に目覚めた。パンはいくつか買い貯めてあるから、外に出る必要もなかった。静かな一日で、存分に本を読んで過ごした。

　5月11日（月）　晴れ
今日も一日、ナナミからの連絡もなく、家で本を読んで過ごした。

　5月12日（火）　晴れ
こうして記録していると、関東は晴れが多いのだろうか、という気がする。他の地域のことを詳しく知っているというわけでもないのだけれど。
とはいえ、ほとんど家の中にいる僕にとっては、外の天候はあまり意味を持たない。
ああ、そうだ。雨の音は嫌いじゃない。部屋の中で雨の音を聞いていると、何かに守られているという感覚をぼんやりと得ることがある。でも、最後に雨の音を聞いたのがいつだったたか、正確には思い出せない。
今日も、ナナミからは連絡なし。

　5月13日（水）　晴れのち曇り
ナナミから連絡なし。

　5月14日（木）　曇り時々雨

ナナミから連絡なし。

ボールペンを机に置いて、考えた。彼女に何かあったのだろうか。

三月の終わりにあの公園で「恋人ごっこ」の契約をしてから、これまで一日も欠かさずに僕を外に連れ出していた彼女が、ここ数日音沙汰がない。

病状が突如悪化したのだろうか、という想像が脳裏を過る。

そして同時に、そう考えている自分に驚いてもいた。この感情は、一般的に「心配」と呼ばれるものだ。それは、相手との心の繋がりがなくては発生し得ないものだ。僕はそれを望んでいないはずなのだ。これは契約の関係だ。仕方なく時限付きの「恋人」を演じているだけなのだ。

きっとナナミも、学業が忙しいとか、放課後のプライベートが充実している、とか、スマホが壊れたとか、そんな理由だろう。あるいは、僕に愛想を尽かして、別の「難病モノの主人公役にぴったり」な相手を見つけ、そいつに言い寄っているのかもしれない。きっとそうだ。

僕は面倒ごとから解き放たれ、かつての日々に戻ったのだ。それは喜ばしいことだ。短命を盾にしたナナミのわがままを聞く必要もないし、散々歩かされて疲れることもない。早朝からスマホの通知で起こされることもない。だから僕はこの、無色で無風で乾燥した余生に、戻ってこれたのだ。

でも。と、僕は考えた。

元に戻っただけなのに、心のパーツが一つ欠けたような気がしているのは、なぜなのだろうか。

その自分の中の欠落感を自覚すると、感情はわずかな苛立ち(いらだ)を含み始めた。

死ぬ前に誰かの記憶に残りたいと言っていたのに、連絡もしてこないのはどういうことなのか。短い余命を打ち明けられて、その後突然音沙汰がなくなったら、誰だって心配するんじゃないのか。

胸の中のもやもやとした不快感が身体を突き動かす。僕はスマホを手に取り、メッセンジャーアプリを開いた。

樹　‥何かあった?

それだけ打ち込んで、送信ボタンをタップした。

しばらく画面を眺めたが反応はなく、苛立ちが募るばかりだ。もう電源を切ってしまおうと本体側面のボタンに指で触れたところで、画面に「既読」の文字が追加された。これが、送ったメッセージを相手が確認したことを示す通知であることくらいは、世間知らずな僕にもう分かる。
　ひとまず僕は安堵した。ナナミはまだ、死んではいないみたいだ。
　そしてすぐに、彼女の青い花畑のアイコンから、吹き出しが出る。

七海：遅――――い！
七海：（怒っているパンダのスタンプ）
樹　：？
七海：我ながら無謀な賭けかなぁとは思ってたけど、これはちょっともうだめかと思ったよ
樹　：なんの話
七海：樹から連絡くれるのを待ってたの
樹　：なぜ
七海：かけひきだよ
樹　：駆け引き
七海：この世界には、押してダメなら引いてみろっていう格言があってね
樹　：それは格言なのかな
七海：樹の塩対応が目に余るから、ちょっと試しに引いてみたんだよ

僕は心の底から深くため息をついた。そんなことで、人を心配させたのか。
七海：私から連絡なくて、寂しかった？　心配した？
樹　：当たり前だろう
七海：（喜んでいるパンダのスタンプ）
七海：ホント!?　うれしい！
樹　：たちが悪い悪戯(いたずら)だよ。深刻な病気を患っている人から突然連絡が途絶えたら、誰だって心配する。
七海：……ごめんなさい
七海：怒ったかな
樹　：怒った
七海：ごめん
七海：どうすれば許してくれる？

僕は少し考えた。自分にこのような感情が発生することに驚いてもいるが、怒ったのは確かだ。それならどうすれば、僕は彼女を許すのだろうか。

いや、許すとか、許さないとか、そういう段階の話ではない。それはすぐに分かった。僕はとっくに彼女を許しているし、先ほど感じていた不快な胸のもやもやは、もうどこにもない。

しかし僕のこの沈黙を悪く捉えたのか、ナナミから通話のリクエストが送られてきた。受話器のボタンをフリックし、スマホを耳に当てる。すぐに、消沈したようなナナミの声が耳に入った。

『あの、本当に、ごめんなさい』

なぜか僕はふとその声に、懐かしさすら感じた。

「いや、別にもう、いいよ」

『でも、樹に嫌な思いをさせちゃった』

「それは、僕の態度が君に嫌な思いをさせてしまっていたからなんだろ？」

『そ、それはあるけど、でも』

「なら、もう、いいよ。僕の方こそ、望まれるような対応をできていなくて申し訳ない。人との関わり方が、よく分からないんだ」

『うん……』

三十秒ほどの沈黙の後、ナナミが言った。

『ねえ、これから、会えるかな？』

「え、もう夜の十時だけど」

『うん。でも、我慢してた時間の分、会いたいなって思ったんだ』

その声に含まれる甘い響きが、鼓膜から脳を介し、胸元に熱を発生させる。僕はその心地よい温度を、右手で払った。ぱっ、ぱっ。

「僕の方は問題ないよ」

約二か月前、ベンチに座ってナナミと恋人ごっこの契約をした近所のあの公園で会うことを約束し、ナナミは通話を切った。


五月の夜の風はまだ少し肌寒いとはいえ、そこにはどこか、この後訪れる夏の気配を孕んだ温かさが混じっているような気がした。

この時間の公園にはさすがに人はおらず、一人で以前と同じベンチに座って待っていると、五分ほどでナナミがやってきた。僕を見つけて、駆け寄ってくる。これまでの小綺麗(こぎれい)な服装とは異なり、部屋着の上に慌ててスプリングコートを羽織ったような、そんなラフな格好だった。電灯の光に照らされて、耳元のヘアピンの花が、きらりと光った。

「樹、ごめん、待たせたかな」

「いや、今来たところだよ」

ナナミは少し目を丸くして僕を見た後、「ふふふっ」と笑った。そして僕の隣に腰を下ろして再度謝った。

「ホントに、ごめんね？　心配かけちゃって」

「いや、いいんだって。病状が悪化して救急搬送された、とかじゃなくてよかったよ」

「うん。会わない日を作って、改めて思ったよ。残り時間いっぱいまで、ちゃんと、樹と、生きないとね」

そう言って、彼女は綺麗に笑う。

残り時間。

ナナミといると、嫌でも時の流れというものを意識させられる。

月明かりと電灯によって夜の中に浮かび上がっている公園の桜の木は、今や青々とした新緑の葉を重たげに抱えている。二か月ほど前――まだ桜も咲き始めだった三月の終わり頃、このベンチに座ってナナミの話を聞いた時は、彼女はその命のタイムリミットを「一年くらい」と言っていた。最近ではそれは、「十か月」になった。

時は流れている。それは当たり前のことなのに、彼女の隣にいると、その当たり前すぎて見落としてしまいがちな常識が、残酷なまでに可視化されて眼前に突き付けられているような、そんな気がして、目を逸らしたくなる。

でもそう感じるのは、不思議なことだ。僕は僕の下らない余生に、暗く惨めなエンドロールに、早く幕が下りることを願っている。それなら時の流れは、僕にとって救済であるはずなのだ。そんな僕が、時の残酷性を感じるのは――

「樹？　どうかした？」

うつむいて黙り込んだ僕を、ナナミが覗き込んだ。その澄んだ瞳を、滑らかな頰を、桜色の唇を、艶やかな髪を、いつも付けてくれているヘアピンを、月光が優しく照らす。僕は顔を背け、胸の辺りに生じる熱を、右手で払う。ぱっ、ぱっ。

僕はナナミに、恋をしてはいけない。彼女を大切な存在にしてはいけない。だってそれは、すぐに失われてしまうのだから。

でも、熱は滾々と生まれ、体中を心地よく満たしていく。払っても、払っても、消えていかない。否定しようとすることが、もう肯定の裏返しなのだ。

僕は認めるしかない。僕の中に生じた感情を。そしてそれを認めようと、その温かなものに目を向けると、それはもっとずっと前から存在していたように思えて、熱はさらに止めどなく溢れていく。

けれどそれは、それは、なんて悲しい感情なのだろう。

終わることが分かっていて、独り取り残されることが明白で――。悲劇を約束された、呪いにも似た恋。きっと僕は、彼女の時間が尽きた後も、傷だらけになりながらこの感情を抱えて生きていくのだろう。

「それじゃ、思う壺じゃないか……」

泣いてしまわないように目元を手で覆って、そう呟いた。ナナミの願い通りになっている自分が情けなく、それと同時に、彼女の願いをどうやら叶えられそうだという寂寥の混じった誇らしさも感じた。

「樹、大丈夫？　どこかつらい？」

心配そうなナナミの声が聞こえた。僕が彼女に心配をかけてどうする。つらいのは、苦しいのは、いつだってナナミなんだ。

大きく深呼吸をして心を落ち着かせ、目を覆っていた手を下ろした。

「いや、なんでもない、大丈夫」

「ホントに？」

「ホントに」

「怒ってるわけでもない？」

「怒ってるわけでもない」

「じゃあ、笑ってみせて」と彼女は言った。

「え？」

　意味が分からない。

「樹、知ってる？　私たちが会ってからもう何度も何度もデートしてきたけど、樹はこれまで、一度も笑ったことないんだよ？」

　まさかそんなはずは——と思ったが、思い返しても、自分が笑った記憶がどこにも見当たらなかった。

「私ね、ずっとわがままばっかり言って樹を連れ回してるけど、本当は樹にも楽しんでほしいんだよ。笑ってほしいし、幸せを感じてほしい。今生きていることを喜んでほしい」

　彼女は真剣な表情で、僕を真っ直ぐに見て言う。その瞳から目を逸らしたいが、目を離せない。

「……でも、急に笑えと言われても」

　笑い方なんて、長く暗い時の中で、もう忘れてしまった。

　こうするんだよ、と言うように、ナナミは優しく口角を上げた。

「別に爆笑しろって言ってるわけじゃないよ。微笑むだけでもいいんだ。笑う門には福来るっていうけどさ、人間って意識して笑顔を作ってるだけでも、免疫力が上がったり、気持ちがポジティブになったりするんだって。人体の不思議だよね」

　これまでナナミを見ていて、余命わずかな重病人のくせによく笑う人だと思っていた。けれどそれも、意識して笑顔を作っていたのだろうかと思うと、その裏に隠された昏い命の定めが際立って見えてくる。

「ほら、樹、笑ってよ」

　優しい微笑みで、ナナミが言う。

　それでも躊躇っていると、彼女は両手を上げて僕の頬に触れた。そして両方の親指を口の脇に当て、上方に押し上げる。

「ぶふっ」とナナミは吹き出し、その顔を隠すように下を向いた。笑いを堪えるように肩を震わせている。

「なんで君が笑うんだ」

「だって、樹、変なカオ……あははっ」

「自分でやっておいて……ひどいな」

　ナナミが顔を上げ、僕を見た。

「樹、今、笑ってるよ」

「え」

右手で口元を触ってみると、口角の筋肉がわずかに吊り上がっているのが分かった。

「うん、人間やっぱり笑ってた方がいいね。目元も優しい感じになってる」

嬉しそうにナナミが言った。

そうか、笑うというのは、こういうことだったか。心の中にも温かな温度が灯ったような気がする。

「やっと私に心を開いてくれたかな？」

「まあ、二か月近くもほぼ毎日連れ回されてたら、さすがにね」

「じゃあ、キスしてみる？」

「しない」

「ケチぃ」

ナナミが不貞腐れた顔をして、それが面白かったから、僕はまた小さく笑った。

遅くなってきたからと、ナナミは手を振って帰っていった。「続きはＬＩＮＥで」、とのことだ。よくそんなに話すことがあるものだと思う。

一人で家に向かい歩きながら、自分自身のことを考えていた。

　僕にとって生きることは、つまらない映画のエンドロールみたいなものだ。

　そう思っていた。

　味気なく、彩りもなく、温かみもない。真っ暗なスクリーンに、意味を成さない落書きのような文字の羅列が、淡々と流れている。それを一人で膝を抱えてぼんやりと眺めているだけ。この時間が早く終わらないかと、漠然と願いながら。

　けれど、いつの間にかそのエンドロールに、ナナミの名前が入っている。その部分だけはっきりと意味を持った鮮明な文字が、明るく浮き上がっている。スクリーンの上を流れることなく、同じ場所に留まっている。

　暗くても、一人きりでも、他に何もなくても、その文字を眺めていると僕は微笑むことができた。水族館で太陽の光から二人で隠れ、月明かりのような青い光の中で手を繋いだ時のあの温もりを、思い出すことができた。

　けれどそれは、やはり、いつか終わる。ナナミの時間は尽き、彼女は望み通り想い出になって、僕は本当の独りになって、記憶の中だけに残された声や、温度や、あの笑顔を、そっと抱き締めながら、息をしていくのだろう。

　この恋は悲劇が確定している。でもそれが彼女の願いであるなら、僕はその癒えない傷を、呪いに似た重荷を、背負う準備をしていこう。

＊

6月13日（土）雨

先週の梅雨入りから、空は律儀に雨を降らせ続けている。

雨ではナナミも外遊びに出られず、水をやりすぎたサボテンのようにしおしおとしている。

そんな背景もあってか、今日のデートは珍しく（いや、珍しくというよりは初めてのことだ）、僕の行きたい場所に行っていいということだったので、電車に乗って千葉市の図書館に行った。大きな外観や綺麗な内装の写真を見て、前から行ってみたいと思っていたのだ。この提案を、ナナミは「樹らしい」と笑っていた。

それぞれ書架から本を取って、館内の椅子に座って読んだ。ナナミという賑やかな人物像と読書の二点が僕の中では紐付かず、三十分もすれば暇を訴えて移動をせがんでくるかと考えていたが、意外にも彼女は静かに本を読み続けていた。おかげで僕も、心地よく読書に耽ることができた。

月待燈という作家の、『神無月のマーメイド』という本を読んだ。適当に手に取っただけだったが、緻密な心情描写で現代の人魚の悲恋とささやかな救いが描かれてい て、なかなか面白かった。初めて見た作家だったのでスマホで調べてみると、最近受賞してデビューしたばかりの、現役大学生作家であるらしい。風流な名前の印象的にペンネームかと思ったが、本名のようだ。次の著作も出たら読んでみようと思う。

ナナミも一冊読み終えていた。最後の方は目元を拭っていた。帰り、こんなデートで良かったのかと訊いてみたが、「楽しかったよ」と笑っていた。

ナナミが楽しめたのなら、よかった。

止めようもなく、時は流れる。あっという間に過ぎていく。

ナナミと出会う前、やることもなく家で一日中本を読んでいた頃は、時間の感覚も薄れ、一日という区切りの意味も曖昧になり、ただ茫漠とした時の流れの中で、暗く冷たい海の底を意味もなく歩き続けているような心地だった。

けれど、朝からナナミと待ち合わせして、彼女にあちこち連れ回されて、その声を聞いて、その笑顔を見て、彼女の燃え尽きようとする命の炎を胸に刻みこもうとしていると、太陽は驚くほど早く地平線の向こうに沈んでしまう。

アインシュタインは相対性理論を簡易に説明する際に、苦しい時は遅く感じ、楽しい時は早く過ぎる、というようなことを言ったらしい。

僕は、楽しんでいるんだ。

もう日を逸らす必要もない。

僕は楽しんでいる。ナナミと過ごす時間を、楽しんでいる。

だからこそ、時は光の矢のように早く過ぎ、彼女の残り時間を、刻々と削り取っていく。

出会った時は「一年」だった彼女のタイムリミットは、十か月になり、九か月になり、八か月になっていく。僕たちは日々、想い出を刻むようにデートを繰り返しながら、一歩一歩、別れに近付いていく。

7月20日（月）海の日　曇りのち晴れ

日記を読み返してみたが、ナナミと葛西臨海公園に行ったのは5月9日だった。

こうして振り返ってみると、日々記録をつけるというのも、なかなか面白いものだと思う。人間の記憶というのは頼りないもので、記録していないと、過去は、簡単に消え去っていく。心で感じたことも、交わした言葉も、触れた感触も、確かに存在していたはずなのに、どこにもなかったかのように消えている。忘れてしまったことすら気付いていない物事も、きっと沢山あるのだろう。

脱線してしまったが、葛西臨海公園に行った日、夕闇の中で白く光る観覧車を見上げながら、ナナミは「夏になったら海に行こう」と言っていた（と、思う。これは記録していなかったから、うろ覚えだ）。

ナナミは海の日である今日、律儀にその約束を遂行した。つまり今日、海に行った。稲毛海浜公園という場所だったが、暑い上に人が多く、足だけ海に入ってその感覚を味わった後は、砂浜で綺麗な石や貝殻を探し、早々に日陰に逃げ込んだ。事前に断っておいた通り、僕は到底、夏の海を水着ではしゃぐような人間ではないのだ。

その後は日なたに出ないように、公園内で太陽から隠れるようにゆるゆると過ごしていた。敷地にあった花の美術館はなかなかよかった。

太陽の陽射しが落ち着いた頃、海浜幕張まで歩き、百円ショップで透明なビンを買って、海辺で拾った石や貝やガラス片をそこに入れた。ナナミによれば「想い出ボトル」だそうだ。

ボトルは今、僕の机に乗っている。今後これを見る度に、今日の陽射しの熱さや海の匂い、波の音と青さ、空の高さ、ナナミの笑顔や、水着から出た肌の白さなんかを、僕は思い出すのだろう。

それはきっと、彼女がこの世界からいなくなった後も、鎖のように、楔のように、僕をその日に呼び戻し、繋ぎ止めるのだろう。


　七月の終わり頃になると、ナナミの高校は夏休みに入った。相変わらずナナミは毎日僕を外に連れ出し、「恋人ごっこ」によるデートを繰り返した。

　ある日、日陰のベンチに座って二人でジェラートを舐めている時、訊いてみた。

「ねえ、毎日僕と会ってるけど、せっかくの夏休みなのに、友達と遊んだりしなくていいの？」

「いいのいいの。友達とは学校で会えるけど、樹には学校で会えないんだもん」

「学校で会わなくても放課後に毎日会ってるじゃないか」

「学校で会えないから放課後に毎日会ってるんじゃないか」

　白のロングワンピースを着たナナミは、被っていた幅広の麦わら帽子で顔を扇いで笑いながら、よく分からない理屈を言った。

「部活とか入ってないの？」と僕は訊く。

「演劇部に入ってたんだけど、一年の終わりに辞めちゃった」

「どうして？」

「んー、私には合わないかなーと思って」

そうだろうか。僕は演劇部のことはほとんど知らないが、行動的で賑やかなナナミには似合っているような気がした。

「友達はまあいいとして、家族は大丈夫なの。深刻な病気を患って余命わずかな娘が毎日遊び歩いてたら、親はかなり心配するんじゃない」

「あー……、いいのいいの。私の親、私に興味ないみたいだから。だから自由にやらせてもらってる」

彼女は苦笑して答えたが、その横顔に寂寥の欠片が見えたような気がして、これ以上踏み込んでいいのか分からなくなった。

「そんなことよりさ、一緒に花火を観に行く約束、覚えてる？」

「なんだっけ」

「えー、忘れたの？ 葛西臨海公園で観覧車に乗った後、そんな話をしたじゃん。私ははっきりと覚えてるよ」

「そっか」

「それでね、来週、松戸で花火大会があるみたいなんだ。私は浴衣持ってるんだけど、樹はないよね。だから明日買いに行こう」

「え、いいよ、僕は」

「ダメー。浴衣で花火デートは夏の想い出に外せないよ。いいじゃん、私にとっては最後の夏なんだよ？」

僕はため息をついた。先月もそう言って水着を買いに行かされた。

ナナミは軽い調子で「最後の」とか「あと○か月」とかを口にするが、その度に僕の内側に小さく傷がついていることを知らないだろう。彼女への感情を自分の中で認めてしまった以上、その傷も、静かに受け入れるつもりではあるのだけれど。

夏の陽光の眩しさと、うるさいくらいのセミの鳴き声の中で、楽しそうにジェラートを食べるナナミの笑顔。それが、彼女の中に巣食いその命を貪っていく病魔の存在を、より暗く際立たせているように、僕には見えた。

花火大会の当日は、夕方に現地で会う約束になっていた。が、浴衣を着て家を出たり電車に乗ったりする自分が全く想像できず、バッグに詰めて持って行き、向かった先のショッピングセンターのトイレで着替えた。

それでも場違い感が甚だしかったが、周りを見てみると浴衣を着た女性は多く、浴衣姿の男性もちらほら歩いていた。だからこれは不自然な恰好（かっこう）ではないのだ、ＴＰＯ

に適したファッションなのだ、と何度も自分に言い聞かせ、待ち合わせ場所でナナミの到着を待った。

　やがて現れたナナミは、白地に涼しげな青の花が描かれた浴衣を着ていた。いつもは首元まで下ろしている後ろ髪が、今日は少し上で結ばれていて、それだけで随分雰囲気が変わって見える。右耳の上には、いつもの青い花のヘアピンをつけていた。浴衣の柄とも合っているし、そういえばメッセンジャーアプリのアイコンもそうだし、ナナミは青い花が好きなのだろうか、と今更ながら思う。

「やあ、樹。待たせたかな」

「いや、今来たところだよ」という定型文の挨拶にも、もう慣れた。

「うん、浴衣、似合ってる。カッコイイね。樹は存在が暗いから、ちょっと明るめのグレーで正解だったでしょ」

「さりげなくひどいことを言うね」

「自覚あるでしょ？」

「まあね」

「ふふふっ」

笑った後、ナナミは僕を見てしばらく黙った後、言った。

「君も似合ってるよ、とか言わないの？」

「君も似合ってるよ」

「へへ、ありがと。……催促しなくても言ってくれるようになったら最高なんだけどなあ」

会場である江戸川河川敷の周辺は既に人が多く、いくつかの屋台も並んでいる。ナナミのリクエストで、たこ焼き、焼きそば、りんご飴を買い、水風船のヨーヨー釣りをやってから、人の少ない近くの公園まで歩いた。

たこ焼きはふやけていて、焼きそばは反対にパサパサとしていたが、ナナミは美味しそうにそれらを食べた。食べた後、二人でブランコに乗って小さく揺れながら、りんご飴を舐める。辺りはもう、暗くなり始めている。

毒々しいまでに赤いりんご飴が刺さった割り箸を左手に持ちながら、ナナミは右手でヨーヨーをぽんぽんと叩いていた。

「こういう屋台のヨーヨーって、小さい頃に親とかから買ってもらったことあると思うんだけど、それが最後にどうなったか、思い出せないや」

「割れて、捨てたんじゃないの」

「うん、多分、そうなんだろうけど、その割れた瞬間とか、捨てるシーンとか、どんなだったか、全然思い出せないなって。きっとその時、『せっかく買ってもらったのに』っていう気持ちで、ちょっと悲しかったり、寂しかったりしたと思う。もしかしたら泣いたこともあったかもしれない。でもそういうのが、もう、全部、思い出せない」

「記憶ってそういうものだよ」

「誰にも覚えられていなかったら、それは、なかったことと、一緒なのかな」

彼女の声は静かだった。水族館の日の、青い月夜にぽつんと佇んでいるような、消えていきそうなナナミを思い出す。

「それは、寂しいな。その時の私は、確かに存在していて、一生懸命生きていて、色々考えていて、嬉しいことも悲しいこともあって、それが私にとって世界の全部だったのに。時間が経つとこうして誰からも忘れられちゃって、本人でさえ思い出せなくて。『今』の私にとっては、それはもうどこにもない、夢とか幻とかと同じもののように感じちゃう」

人は忘れていく。記憶は消えていく。それは自衛のためでもあるのだと思う。見たものを全て記憶し、忘れられない人が、生きることにとても苦労しているように。

でも、忘れてしまったことは、なかったことになるのだろうか。よく分からないけれど、そうではないとは思う。少なくとも、そのことでナナミが今、寂しいと感じているのなら、「そうではない」と、言いたかった。だから僕は息を吸う。

「本とかネットを読んだことのうろ覚えだから、正確かは分からないんだけど」

そう前置くと、隣のブランコに座るナナミがこちらを向いた。

「人が忘れてしまったことは、本当に脳内の記憶領域から消失してしまったわけじゃなくて、思い出すための道筋を一時的になくしてしまっただけ、みたいだよ」

「どういうこと？」

「人間の脳のキャパシティはすごくて、記憶できる容量はコンピューターで例えると数ペタバイトにも及ぶと言ってる研究者もいるんだ。ペタバイトってのは、ギガバイトの千倍であるテラバイトを、さらに千倍にしたものだよ」

ナナミが首を傾げたので、簡易な言葉で言い直す。

「僕たちの記憶は、頭の中に全部残ってるんだ。きっと、産まれた時から、今に至るまでの全てが。ただ、思い出すための道筋――記憶を引き出すための、辞書でいうインデックスを、失っていくだけなんだ。だから、随分前に忘れてしまったような想い出も、何かのきっかけで道が繋がって、ふとした瞬間に思い出すことだって、もしかしたらあるかもしれない」

全ての記憶が脳の中にある。自分で言っていて本当だろうかと疑ってしまうが、高校にも行かず家でごろごろしている僕よりも、熱心に研究を続けている専門家の方が正しい可能性は圧倒的に高い。

「だから、君が小さな頃に屋台で水風船を買ってもらったことも、それを割ってしまって悲しんだことも、泣きながらゴミ箱に捨てたことも、君自身やそれを見ていた周りの人だって、本当は覚えている。それならそれは、たとえ誰もがインデックスを失ってしまったとしても、『なかったこと』とは、言えないだろう」

「そうなんだ……」

そう言うと、ナナミは何かを考えるようにうつむいた。

しばらくして彼女は顔を上げ、僕を見る。

「ねえ、樹」

その表情は、今にも泣き出しそうだった。

「ん？」

「私、本当は――」

ドン、と爆発音がして、周囲を満たしていた夜の空気が一瞬、色鮮やかな光で照らされた。少し離れた所から、人々が歓声を上げる音が聴こえる。

上を向くと、赤と白と黄色の花火の残光が、空の中で燃え尽きていくところだった。

「花火、始まったんだな。ここだと木に邪魔されてあまり見えないね。もっと見やすい場所に移動する？」

僕が訊くと、ナナミは少し考えた後、首を振った。

「いいや。なんか今は、人混みに行くよりも、樹とこうして、ここにいたい。ここからでもちょっとは見えるし」

「そうか。ところでさっき、何か言いかけなかった？」

「うーん、やっぱりなんでもない」

ナナミは笑った。その、寂しさを体の内側に押し込んだような笑顔を、花火の青が照らした。

しばらく二人でブランコに腰掛けながら、公園の木々の合間に時折顔を出す花火を眺めた。ナナミは何も言わず、僕も黙っていた。その沈黙は、夏の終わりみたいな、どこか切ない心地よさがあった。

クライマックスと思われる花火の連発が終わった後、独り言のような静けさで、ナナミは呟いた。

「私は、樹の想い出になれてるかな」

僕は答えを考え悩む。

記憶に残るという点では、疑いようもなく彼女の目論見は成功し、ナナミは僕の想い出になっている。連日呼び出されて、「恋人ごっこ」でのデートを繰り返しているのだから、当然と言える。その上、日記による記録も付けているから、僕にとってのナナミは今、誰よりも印象深く、繋がりの深い人間だ。

でも、簡単に肯定したくない感情が、もう僕の中にある。

だって、そうだろう。想い出って、振り返るものだ。

ナナミの時間は、あと七か月くらいしか残っていない。それが過ぎたら、彼女はこの世界からいなくなる。

ナナミがいなくなったその世界で、僕が、独り、抱えて歩いていくためのものであるなら、そんな前提の「想い出」になんて、なっていると答えたくない。

けれどそれが、ナナミの願いなんだ。誰かの心に深く刻まれて、死んだ後も覚えていてもらうこと。自分が誰かの「想い出」になって存在し続けるという実感が、彼女に近付く死の足音への恐怖を紛らわせるのなら、僕はそれを、受け入れなくてはいけない。

だから、

「なってるよ」

とだけ、答えた。

ナナミは笑顔を見せたが、そこにもやはり、寂しさの欠片が隠されているように、僕には思えた。


ナナミの学校の夏休みも終わろうとしている八月三十一日。

学生たちは今頃、大型連休の終わりを嘆いているか、これまで手を着けなかった宿題を頭を抱えながら必死で消化しているのだろう。そう思うと、自堕落な自分の生活に軽い後ろめたさを抱く。僕には登校の必要もなければ、退屈な授業も、宿題もない。夏休みが始まることもないが、終わることもない。

季節のイベントも、修学旅行も、昼休みも、部活も、卒業も、何もない。ただのこれまでの延長でしかない今日。死ぬまでその繰り返し。繰り返し。

「まるでこれでは、毎日、日曜」

エアコンの効いた自室のベッドで寝転びながら、レースカーテン越しに射し込む夏の怒りのような陽光を見上げ、以前読んだ中原中也（なかはらちゅうや）の詩の印象深いフレーズを、ふと口ずさんでみた。が、そこで詠われているような、「奉仕の気持ち」になることはなかった。

愛する者が死んだ時には、自殺しなければならない。それより他に方法がない。けれど死ぬに死ねない時は、奉仕の気持ちにならなければならない。愛するものは死んだのだから。それはどうにもならないのだから。だからその者のために、奉仕の気持ちに、ならなければならない。

これは意訳だが、中也は二歳の息子、文也が死んだ後、「春日狂想」という詩でそう綴った。

僕は、ナナミが死んだ後の未来のことを思った。中也と文也のような親と子の関係性ではもちろんないが、僕はもう、彼女の死に深く傷付き嘆き悲しむだろうことを確信できるくらいには、ナナミという存在を大切に想ってしまっている。

その時が来たら、僕は、どうするのだろうか。自殺するのだろうか。それでも死ぬに死ねず、奉仕の気持ちになろうとするだろうか。ナナミの願いの通り、彼女の「想い出」を抱えて、生き続けるために。

それは分からないし、今考えても仕方ない。答えの出ない自問自答にそう結論付けて、僕はベッドから体を起こした。

この日は珍しく、朝から家でのんびり本を読んでいた。ナナミはいつも翌日の予定を夜に連絡してくるのだが、昨夜は要領を得ないメッセージだった。

七海：明日は家で待ってて
七海：あ、でもちゃんと朝から起きててね
樹　：何を企んでるの
七海：ふふふ、ひみつ！
七海：（サングラスをかけて怪しく笑うパンダのスタンプ）

新しいメッセージが来ていないことを確認し、僕はスマホの画面をオフにした。家で待っていろと言っても、具体的な時間の指示もない。いつまで待っていればいいのだろうか。とはいえ、外に出る用事もないから、これといって問題はないのだけれど。

閉じていた本を再び開こうと手を伸ばした時、部屋の窓ガラスに小さく硬い何かが当たるような、こつんという音が聞こえた。虫でも当たったのだろうかと思ったが、その音は二度、三度と繰り返された。

窓の方に歩み寄り、レースカーテンを開けると、家の正面の道路にナナミが立っていて、にこやかに僕を見上げていた。鍵を外し、窓を開ける。途端に真夏の熱気がむわりと侵入してくる。

「何やってるの」

彼女は答えず、家のドアの方を指さした。開けろということだろうか。僕はため息をつきながら窓とレースカーテンを閉め、部屋を出て階段を下りた。玄関まで行って、開錠してドアを押し開けると、笑顔のナナミがいた。

「おはよ、樹」

「改めて訊くけど、何やってるの」

「小石を窓ガラスに当てて恋人を呼ぶのって、定番って感じしない？」

以前読んだ小説で、そんなシチュエーションがあった。それは、難病を患い余命わずかとなったヒロインとの恋愛モノの小説だった。もしかしたらナナミもその本を読んで、真似をしてみたくなったのかもしれない。

考えてみればこれまでも、その小説の中のセリフと同じ言葉をナナミが時折使っていたのを思い出す。薄命を宣告された彼女が、同じように病で死にゆくヒロインの物語を読むのは、どんな気分なんだろう。それを想像して、少し悲しくなった。

「……スマホに連絡すればいいじゃないか」

「それじゃ風情ないじゃん。こういうアナログなのを一回やってみたかったんだよう。

私、やってみたいと思ったことをやり残して後悔しないように意識してるんだ。とりあえず暑いから中に入れてよ」

　僕の返事も待たずにナナミは家の中に入り、靴を脱いだ。その手には何やら大きなレジ袋を提げている。

「樹の部屋、エアコンつけてる？」

「つけてるけど」

「さすが。さあ、行こう行こう」

「え、僕の部屋に？」

「会話の流れから判断できるでしょ？」

「いや、そうだけど、なんで突然」

「ラブストーリーはいつも突然に始まるものさ」

「意味が分からない」

　ナナミは勝手に階段を上り始めた。仕方なく僕も後ろからついていく。

　階段を上り切ったナナミは、最低限の良識は持ち合わせているのか、部屋のドアを開けることまではせずに僕を待っていた。追い返しても素直に言うことを聞くような相手ではないことは、この半年ほどの付き合いで、もうよく分かっている。仕方なく僕はドアを開け、六畳一間の狭い自室に、ナナミを招待した。

「あー、涼しい、生き返る！」

「断っておくにはもう遅いけど、人を入れる想定のない部屋だから、狭いし何の用意もないよ」

「友達いないの？」

「いないんじゃなくて、要らないんだよ」

「あはは っ、いいねそれ、難病モノの主人公っぽい」

笑いながらナナミは、遠慮や躊躇いの欠片も見せることなく大きなレジ袋と共にベッドの上に腰かけた。まあ、来客用のクッションなどもないから、部屋に入れてしまった以上、そこに座らせるつもりではあったが。

「テレビもパソコンも漫画もないね。小説ばっかりだ」

「君は自分の部屋に突然人が入って来てじろじろ辺りを眺め出したら、嫌な気分にならない？」

「うーん、相手が樹なら、ならないかな」

反省を促す材料にできなくて、僕は閉めた扉の前に突っ立ったまま口を閉ざした。

気を取り直して、今日の趣旨を確認する。

「……で、今日は何の用なの？　何か色々持ってきたみたいだけど」

「ふふん」とナナミはなぜか得意げに笑った後、「まあ取り合えず、座りたまえよ」とベッドの上をぽんぽんと叩いた。僕はその誘いには乗らず、ベッドと本棚の他にこの部屋の唯一の家具である学習机の椅子を引いて、座った。

「えー、隣においでよ」

「いや、ここでいいよ」

「むう、ノリ悪いなぁ」

「君は危機感とかないのかな。年頃の男の部屋に一人で来るとか、何かされるかもって思わないの」

「えっ、何されるの？」となぜか彼女は嬉しそうに身を乗り出して訊いた。

「え、いや、それは」

「ねえねえ、私何されちゃうの？」

善意で警告をした僕の方が困らされているのは納得いかないが、適切な言葉が見当たらない。

「……そりゃ、年頃の男だったら、襲ったりするんじゃないの。僕はしないけど」

「襲うって具体的にどんなことするの？」

「もうこの話はいいだろう。何しに来たのって訊いてるんだよ」

「ふふっ」とナナミは楽しそうに笑った。「照れてる樹は面白いなぁ」

「照れてないし、僕で遊ばないでよ」

「私は別に、樹になら襲われてもいいよ。やり残しを後悔にしたくないって、さっき言ったばっかりだしね。あ、でも襲うってのが何のことなのか、説明してくれないと分からないかもなぁ」

「用がないならお帰り願おうかな」

「くう、冷たいなぁ。でもこれを見てもそう言えるかな」

そう言ってナナミは、横の大きなレジ袋に手を突っ込み、にやりと怪しげな笑みを浮かべながら、ゆっくりと何かを取り出した。ガラスの小瓶、琥珀（こはく）色の液体、斜めに貼られた赤いラベル、杖（つえ）とシルクハットの紳士——

「ジョニーウォーカー」

それはスコットランド原産のウイスキーの、二百ミリリットルボトルだった。

「ふふふ、樹、こういうのに興味あるのかなぁと思って」

「そう見えて君は成人していたのか。意外だな」

背が低く童顔気味なナナミは、見る人によっては、中学生くらいに見えてしまうかもしれない。

「いやいや、同い年って前に言ったじゃん。やる気なさそうなバイト店員さんがレジやってる時を狙ったんだ。最初に樹と一緒にコンビニ行った時に、物欲しげな目でこれを見てたから、飲んでみたいのかなーっと思ってね」

そんな時もあったな、と僕は思い出す。確かその時、ほぼ初対面であるにもかかわらず「ねるねるねるね」をナナミに買わされたんだった。

ナナミの手の中で蠱惑的に揺れるその液体に、興味がないと言えば、嘘になる。小説の中で虚無的、退廃的な主人公がグラスを傾けるその香りや味、雰囲気を、僕も味わってみたかった。思わず喉を鳴らしてしまう。

「他にも色々あるよー」

そう言って袋から出しては、ベッドの上に並べていく。ビール、チューハイ、梅酒に、ポテトチップス、ポップコーン、チーズ、チョコレート菓子、等々。

「朝からスナック菓子で酒盛りって人間終わってない？」

「いいの！　だって私の生涯の中の夏休みはもう今日で最後だし、人生だってあと七か月くらいしかないいんだもん。半分人間終わってるようなもんだよ」

本人は楽しそうにそう言っているが、その自虐は笑えないし、僕の内側にまた仄暗いヒビが増える。当たり前なのかもしれないが、ナナミは自分の命のカウントダウンを、目を逸らすことなく、きちんと把握している。

「ほら、ぼーっとしてないでコップ持ってきてよ」

ナナミに追い立てられ、僕は階段を下りて誰もいない暗いリビングの食器棚からガラスのコップを二つ取り出し、冷蔵庫を開けて氷をたっぷりと入れてから、部屋に戻った。

「おかえり。部屋の中軽く探してみたけど、えっちな本、なかったよ」

「ないよそんなの……。というか勝手に部屋を漁らないでよ」

日々赤裸々に心情を綴っている日記をもし読まれたら、それこそ僕の人生が終わってしまう。が、そこは彼女の中に存在しているかもしれないわずかな良心を信じるしかない。

「さあさあ、宴を始めようじゃないか。はい、これ」

学習机の椅子に再度腰かけ、ナナミが差し出したジョニーウォーカーの瓶を受け取る。二百ミリリットルのそれは、とても小さく感じた。蓋を開け、鼻に近付けてまずは香りを嗅いでみた。強いアルコール特有の消毒液のような匂いと共に、スモーキーな甘味を感じさせる香りが鼻腔を突く。

　グラスに注ぐと氷はパキパキと音を立てながら、その液体を滑らかにグラスの底に流していった。口元に運び、少量を舌に乗せるようにして味わう。途端に強烈なアルコール感が口中に広がった後、仄かな甘味に変じ、香りが鼻を通っていく。飲み込むと、喉と食道と胃が熱くなっていくような気がした。

「どう？　美味しい？」とナナミが訊く。

「よく分からない」と正直に答えた。

　小説の中で絶望や寂寥を肴にウイスキーを楽しむニヒルな主人公。彼らのようにはなれないな、と僕は思う。いや、目の前の短命の少女に恋をしてしまったという点では、僕もある意味、悲劇の主人公と言えるだろうか。

　ナナミも興味深げにグラスにウイスキーを注ぎ、香りを嗅いで、一度僕の方を見て、そしてグラスを傾けてぐびりと飲んだ。

「うへえ、喉が焼けるう」と顔をしかめている。

「チェイサーを用意した方がいいかもしれないな」

　そう言って立ち上がった僕を、ナナミが引き留めた。

「だめ、行かないで。ここにいて」

「すぐに戻るよ」

「だめ、ずっといて」

　僕を睨むように見つめるナナミの顔は、赤くなっている。

「もう酔ったの？」

「そうじゃないけど、置いて行かれるのは何か、怖いよ」

「置いて行かないよ。っていうかここは僕の部屋だから、置いて行きようがない」

「置いて行くんだよ樹は。私を置いて行くんだよ」

　ナナミは目を閉じて、独り言のように呟いている。やはり酔っているのだろうか。一口飲んだだけだというのに、ナナミはお酒に相当弱いのかもしれない。

「行かないって言ってるだろう」

「そう言ってても、いつか樹は私を忘れていくんだよ」

　その言葉には、すぐに返事をできなかった。何も言えずに静かに椅子に座り直す。

　自分の残りわずかな余命を悟っている少女は、誰かの心の中に自分の存在が残ることを切に願っている。それによって、死にゆく自身の運命を必死で受け入れようとしている。だからこそこんなにも、本気で好きなわけでもない僕のような男と、「恋人ごっこ」と称して毎日会っているのだろう。

　僕にとってナナミはもう、特別な存在になっている。彼女の思惑通り、僕の中にナナミの声や、発した言葉や、突飛な行動や、ころころ変わる様々な表情――彼女を構成する全ての要素がひとつひとつの傷になって、深く刻み込まれ、容易に消えそうにはない。それは彼女に最後の時が訪れた後も、変わらないだろう。

僕の中に芽生えたナナミに向かう感情は、彼女に伝えていない。僕たちは期間限定の、契約の「恋人ごっこ」なのであって、本当の恋人ではない。だから、きっと、伝えたら、ナナミは困ってしまうだろう。ふざけているようでいて意外と誠実なナナミのことだ、その短命故に僕の好意に応えられないことを謝って、泣いてしまうかもしれない。それは、僕の望むことではない。

けれど今、忘れられることを恐れている彼女には、そうではないことを伝えたいと強く思った。

僕は手元のグラスの縁を口に当て、一気にぐいと呷(あお)った。そして立ち上がり、ナナミの座るベッドに近付く。そこに散らばったお菓子の袋などを机の上に移動してから、彼女の左隣に腰かけた。部屋に漂うウイスキーの甘い香りの中に、彼女の匂いが混じった気がするくらい、近くにナナミを感じる。

「樹ぃ、私を忘れないでよぉ」

ナナミは目を閉じて、ウイスキーの入ったグラスを両手で包むように持ったまま、震える声でそう言った。目元から雫が溢れ、頬を伝う。泣き上戸というやつなのだろうか。それとも、本心から、忘れられることに怯えているのだろうか。

僕は息を吸って、それを声に変える。

「忘れないよ。こんなに毎日会ってて、あちこち連れ回されて、その上日記まで書かされて、そう簡単に忘れるわけないだろう。忘れたくたって忘れられないよ」

「忘れたいの？」

「いや、それは言葉の綾というもので……。ああ、待って、グラスは置いておこう」

彼女の手からグラスが滑り落ちそうだったので、それを奪い取って、学習机の上に置いた。ベッドがウイスキー臭くなったら、毎夜この日の夢を見てうなされてしまいそうだ。

ベッドに座り直すと、ナナミは僕に寄りかかり、左肩に頭を乗せてきた。お互いに半袖なので、腕が直に触れ合う。彼女の髪の匂いがふわりと鼻をくすぐり、胸の中が掻き乱される。彼女の体が触れている箇所全てで、熱いくらいの温度を感じる。

「で、樹は私を忘れたいの？　忘れたくないの？」

「その二択なんだ？」

「二択です」

「敬語は一回百円じゃなかったっけ」

「はぐらかさないで」

　僕も体が熱くなってきたのを感じた。さっき呷ったウイスキーが効いてきた。脳の処理速度が低下しているのがはっきりと分かる。理性がふわふわと力を失っていく。

「そのどちらかで答えるのなら、忘れたくない、の方かな」

「答え方がずるいなぁ」

「そういう訊き方だったからだよ」

「じゃあ樹の本心を教えてよ」

「本心って何だよ」

「樹は私をどう思ってるの」

　核心を突いてきた。はぐらかせばナナミは怒りそうだし、嘘をつけば泣き出しそうだし、素直に気持ちを伝えても、傷付けてしまいそうな気がした。どの道を選んでもうまく行かないことが予想される場合、人はどうすればいいのだろう。

　エアコンの稼働音だけが響く部屋の中、ナナミの息遣いが聞こえてくる。お互いの鼓動さえも聞こえてしまいそうな距離。身体の半分で感じる、彼女の甘い体温。

　アルコールが回って、頭がぼうっとしてきた。考えるのが億劫（おっくう）になってくる。もう面倒な気遣いや駆け引きなんかは放り投げて、いっそこのまま押し倒してやろうか、という思考がちらりと発生する。それは頭の中でどんどん膨らんでいく。「樹になら襲われてもいい」とナナミも言っていたじゃないか。僕だって、男なのだ。男は狼であるらしいじゃないか。それならば、僕は狼なのだ。三段論法だ。

体をひねって右手を動かし、左に座るナナミの左肩を摑んだ。彼女の体がぴくんと震えたのが分かった。左手をナナミの後頭部に優しく添えて、右手に力を入れると、彼女の体は簡単に、ゆっくりとベッドに倒れた。

ナナミは顔の全部を赤くしたまま目を閉じている。抵抗する気配はない。彼女の小さな肩を摑んでいた右手を離し、頰に触れ、髪を撫でる。最初のデートでこの髪に触れ、ヘアピンをつけたのを思い出した。その青い花は今日も彼女の耳元で咲いている。

僕の視線はヘアピンの花から、彼女の整えられた眉に移り、閉ざされたまぶたから伸びる長いまつ毛に移り、小さくも形よく尖った鼻に移り、艶やかに血色の良い唇に移った。葛西臨海公園で観覧車に乗った日、頂上でキスをしようと提案したナナミを思い出した。

アルコールの余韻が、彼女の体が放つ甘い匂いが、僕の思考を奪っていく。心臓がドンドンとうるさいくらいに鳴っている。体中に熱く血を巡らせている。僕は生きているし、ナナミも生きている。命がここにある。疑いようもなく目の前にある。ナナミは生きている。生きるということは、何なのだろうか。なぜそれは途絶えるのだろうか。なぜ僕たちは生まれたのだろうか。なぜ僕たちは生きているのだろうか。なぜ、ナナミは死んでしまうのだろうか。

僕はナナミを覚えている。当たり前だ。僕はもう、君が好きだ。忘れたくないし、忘れるはずもない。忘れられるはずもない。出会ってからもう五か月も経っている。その間、ほぼ毎日会っている。君がそう仕組んだんだ。デートとか言って毎日僕を連れ出して、楽しそうに喋って、笑って、時折壊れそうな寂しさを見せて、思わせぶりなことを言って、好きにならないわけがないんだ。君のせいだ。全部覚えてる。日記にも書いている。僕の頭の中が、僕の人生が、ナナミで埋められていく。埋め尽くされていく。

それなのに、君はやがていなくなる。

君で埋め尽くされた、僕だけを残して。

体の芯が熱くなり、頭の中がぐらぐらと揺れ、目の奥から何かがこみ上げて来る。それは目元から溢れ、止めようもなく、雫になって落下する。二つの雫はナナミの首筋に落ちた。

「いつき」

ナナミが囁くように僕の名を呼んだ。彼女の目元にも、透明な涙が溢れている。彼女は僕の名を呼んだ。僕の名前は樹だ。そのはずだ。自分の名前を間違えるわけがない。だからそれは僕の名前なのだ。でもナナミが呼んだ名前が僕を指すものではないような気がして、心が捻じれそうになる。樹って誰だ。僕のはずだ。だってナナミはずっと僕をそう呼んでいる。じゃあ、ナナミって誰だ。目の前の少女だ。そのはずだ。だって自分でそう名乗っていた。ナナミが僕の名を呼んだのだ。ナナミは僕をどう思っているんだ。ナナミは、どうして僕を選んだんだ。僕は、ナナミの何を知っているんだ。

腕の中の少女を大切に守りたい気持ちと、めちゃくちゃにしたい気持ちが、僕の中で激しく反発しながら混ざり合っている。そうだ、「ねるねるねるね」だ。水を入れて粉をかき混ぜると膨らむんだ。そんな感じだ。いや、もう考えるのはやめよう。

僕は彼女に顔を近付ける。愛おしさが心臓を内側から破りそうになる。

僕が君をどう思っているか？

どんな言葉を用意しても、この感情は正確には伝わらないだろう。

だから、これが答えだ。

僕は自分の唇を、彼女の額に押し当てた。発熱でもしているかのようなナナミの温かな体温が、唇の皮膚で感じ取れた。

あの観覧車の日。ナナミのキスの提案を僕が断った時、彼女は言っていた。「お互いにもっと、ちゃんと好きになったら、その時にまた考えよう」と。

僕はもう、君が好きだ。それは疑いようがない。そしてナナミも、僕を嫌ってはいないとは思う。一体自分のどこが、とは思うが、多少なり、好感は持ってくれているかもしれない。そうでなければ、こんなことにはならないだろう。

でも、僕からナナミに向かう好意も、ナナミからの僕への感情も、きっとどれも、ナナミを柔らかく傷付けてしまう。本気になってしまえば、心は優しい刃物になって彼女に突き刺さる。だって彼女には、未来がないのだから。愛情や依存や幸福への期待は、最期のその時に、恐怖と未練に変わってしまうだろう。

だから、最大限の愛情に、最大限の配慮を混ぜ合わせた結果が、この行動だった。

僕はナナミに覆(おお)い被(かぶ)さっていた体をどかし、彼女の隣に倒れるように仰向けに寝転んだ。自室の天井の、面白みの欠片もない白い壁紙が視界に入る。

「樹」

ナナミが優しい声で僕の名を呼んだ。今度は、自分のことだと確信できた。

「うん」

「ありがとう」と彼女が言う。

「……何が」

「優しいね、樹は」

「ヘタレなだけだよ」

ふふふ、とナナミが笑った。その振動が、今も彼女の頭の下にある左手に心地よく伝わった。

緊張の糸が途切れ、アルコールがまぶたを鉛のように重くしていく。心地よく、意識が遠くなっていく。抗えない。僕も、ナナミほどではないが、酒に強くはないみたいだな、と、思った。


夢も見なかった。

目は閉じたまま、少しずつ意識が戻ってくる。自分の額に、何か温かく柔らかなものが押し付けられているような感覚があったが、それはすぐに離れた。

ナナミの隣で寝転んだ僕は、ベッドを横に使う形で、足は床について眠りに落ちたはずだったが、今は全身が真っ直ぐ仰向けになっているのが、目を閉じていても分かった。そして胸の辺りに不思議な重みが乗っていることに気付く。

眠気を振り切ってゆっくり瞼を開けると、すぐ目の前にナナミの顔があった。目が合うと彼女は驚いて飛び上がり、部屋の真ん中まで後ずさって僕に背を向けた。さっきの重みは、ナナミが体に乗っていたものだろうか。

緩慢に上半身を起こすと、体にタオルケットがかかっていたのが分かった。意識を失った僕をきちんとベッドに寝かせ、その上でエアコンで体が冷えないように、ナナミがかけてくれたのだろう。

「今、何してたの」

「え、何の話？」とナナミははぐらかした。

「……まあいいや。ごめん、寝ちゃって。アルコールって怖いね。君は大丈夫なの」

「うん、平気」

「でも、一口飲んだだけであんなに酩酊(めいてい)してたけど」

「ああ、あれはね、演技だよ」

僕の思考が一瞬停止した。演技。演じること。見せかけの態度を取ること。

「……は？」

ナナミがこちらを向き、悪戯っぽく笑う。

「へへ、酔ったフリ、上手かったでしょ。さすが私、一年間だけとはいえ演劇部やってただけあるね。俳優の素質あるかも」

「え、じゃあ、完全に素面だったの？」

「まあ、ちょっとはお酒でぽわーっとしてたけど、樹みたいに理性を失うほどじゃなかったよ」

僕が放心していると、ナナミは「あ」と何かを思いついた後、わざわざ言い直した。

「樹みたいに、女の子をベッドに押し倒しておでこにキスしちゃうくらい理性を失うってほどじゃなかったよ」

「ああああ」

僕は頭を抱えた。自分がやったことの恐ろしさに寒々と血の気が引いていくと同時に、恥ずかしさで顔が熱くなっていくという複雑な症状を、初めて経験した。

「ふふふふっ」とナナミは人の気も知らずに楽しげに笑う。「なんか樹、ちょっと人間っぽくなったよね」

意味が分からない。

「……僕は最初から人間のつもりだけど？」

「だって最初は、表情もなければ生気もなくて顔色も悪くて、世界にも、自分の命にも、何にも期待してない、半分幽霊みたいな感じだったもん」

半分幽霊。それは、ナナミと会う前、自分自身でもそう思っていたことだ。自身がこの世に存在している意味も理由も分からず、ただこの時間が終わることをぼんやりと願いながら虚ろに漂っている亡霊のようだった。

気付けばいつのまにか、僕には生きる理由ができていた。それはやはり、全部、君のせいだ。

ナナミを「想い出」にすること。彼女の存在を覚えていること。そうやって、彼女の死の恐怖を和らげること。

なんて悲しい命の意味だろう。

僕が何も言わないからか、ナナミは何か勘違いしたようだ。

「あ、あれ？　樹、怒った？」

「ごめん、失礼なこと言っちゃった……」

一人で勝手に落ち込んでいる。自由奔放のようでいて、時折妙にしおらしくなる所がある。

僕は先ほど受けた恥辱に反撃するように、「本当、失礼だよね。人を幽霊みたいってさ」と眉をしかめて言った。

「うう、ごめん。どうすれば許してくれる？」

ついさっきの陽気から一転して泣き出しそうになっているナナミを見て、僕はもう満足した。最初から怒ってなどいないのだけれど。

「じゃあ、明日以降も僕を誘ってよ。僕は君を、覚えてなきゃいけないみたいだから」

彼女は花が開くように嬉しそうな顔になり、「任せて！」と大きくうなずいた。感情がよく変わる人だ。表情筋が疲れないのだろうか。

その後、もうお互いにアルコールを摂（と）る気にはなれなかったが、せっかくだからとナナミが買ってきたスナック菓子を開けて食べた。しかしとても二人で消費し切れる量ではなく、結局彼女がほとんど持って帰ることになった。

ナナミは日が暮れる前に帰って行き、一人になった僕は、今日の日記はどうしたものか、としばらく思い悩んだ。

*

うだるように暑かった夏もいつの間にか終わり、エアコンをつけなくても快適に過ごせるような季節になった。要するに、秋だ。

　僕は日本の季節の中で、秋が一番好きかもしれない。最も苦手な、息苦しいほど蒸し暑い夏から解放されたというのもあるが、秋という季節が持つ、どこかうら寂しい、静かな終わりに向かっていく孤独な散歩道のような空気が、僕は好きだった。

　もう遠くのことのように感じる八月の終わり、ナナミの夏休みの最終日に僕の部屋でウイスキーを飲んだあの日。「明日以降も僕を誘ってよ」なんて言って彼女を喜ばせてしまったからか、ナナミはその後も精を出してせっせと僕を「デート」に連れ出した。一体どこまで僕の中に自分を詰め込めば彼女の気が済むのか分からない。もうとうに僕の内側は、ナナミという人間でいっぱいになって、溢れそうになっていると いうのに。

　彼女のタイムリミットは、残り四か月にまで減っていた。

　彼女がどんな病気で、どんな風に病状が進行しているのか。相変わらずナナミはその詳細を僕に話そうとしなかった。話したくないことであるなら無理に聞き出すつもりはないし、その詳細を知ってしまうことも、怖いような気がした。それは彼女の最期に直結する情報だ。大切に想っている女の子が、どうなって終わってしまうのか。そんなことを考えるのは、僕の貧弱な精神では、とても耐えられそうにない。

でもいつか、どうしようもなくその時は来る。だから僕は、心の準備をしていかなければ、ならない。

ナナミは、どう思っているのだろうか。自分の死期を恐れているだろうか。いつも嬉しそうに僕と会って、美味しそうにご飯を食べて、楽しそうに笑って、たまに怒ったり泣いたりして、時折消えてしまいそうなくらい寂しい顔をして、そして笑って手を振って、別れている。彼女の事情を知らない人から見たら、普通の女子高校生と何ら変わらずに映るだろう。

十一月十七日火曜日である今日も、ナナミは学校を終えてから僕を呼び出し、大きな池のある広い公園で、ヒヨコの口からシャボン玉が出るおもちゃで遊んでいた。小さな女の子が大喜びで彼女の周りを駆け回り、シャボン玉を追いかけて笑う。無数の虹色の泡の中で、ナナミも笑う。秋の優しい陽光に照らされるその光景は、あまりにも平和で、あまりにも幸福で、そしてあと半年も経たずに消えてしまうものだと思うと、あまりにも、切ないものだった。

子供と遊んでくれたことに礼を言う母親に頭を下げ、少女と手を振り合い、ナナミは僕の座るベンチの所に駆け戻ってきた。

「いやあ、ちっちゃい子は尊いねえ。心が洗われるようだよ」

「君の心はそんなに汚れているの？」

「いやいや、慣用句だから！　私の心はいつだって綺麗だから！」

そう言った後、ナナミは眼前に広がる池を眺めて、大きく息を吐き出した。

「私は、ああいう子のお母さんには、なれないんだなぁ」

静かな声で放たれたその言葉が、僕の内側で音を立てて大きなヒビを入れる。

「……なんて言えばいいの」

「ふふ、それも、難病モノの主人公っぽいリアクション」

彼女は笑ったが、僕はとても笑えない。萎（しお）れて、縮んで、なくなってしまいそうな心。いっそそうなった方が楽かもしれないと思う。本当につらいのは、ナナミなのに。

「いかん、しんみりしちゃったね。さっきのは忘れて」

ナナミはベンチから立ち上がり、僕の前に立った。制服のブレザーのポケットに左手を入れて、にやりと笑う。

「さて、問題です。今日は何の日でしょうか！」

「……火曜日」

「ぶふっ」

噴き出したナナミは「そういうことじゃなくてー」と楽しげだ。

「じゃあ、将棋の日」

「え、そうなんだ。知らなかった。って、そうじゃなくて。え、本気で分からない？」

「本気で分からない」

「マジかぁ……。じゃあしょうがない、正解の発表です」

彼女はポケットから左手を出した。その手には、煌びやかに彩られた紙でできた円錐状の物体が握られていて、その後方から延びた紐状のものを右手で掴み——

「えっ」

反射的に僕の腕が上がり顔のガードに回る。

ナナミは掴んだ紐を引っ張り——

パアン！

破裂音と共に金と銀のテープが僕に襲い掛かる。それは腕や頭にふわりと絡みついた。すぐに火薬の匂いが鼻をつく。

「樹、誕生日おめでとう！」

満面の笑みでナナミが言うのが、自分の腕の隙間から見えた。

「……そのクラッカーの注意事項をよく読んでみてよ。きっと人に向けて打たないでくださいって書いてあるよ」

「どれどれ？　あ、ホントだ。まあ大丈夫でしょ、これくらい」

僕は金銀に煌めくテープをかき集めながら、ため息をついた。

誕生日。誕生日だったのか。僕の。

「十八歳になった気分はどう？」

「いや、別に、何とも……」

「やれやれ、自分の誕生日も忘れてるくらいだもんね」

「逆に君はなんで僕の誕生日を知ってるの」

「えっ」

ナナミは一瞬固まった後、少しだけ不自然に笑った。

「やだなぁ、前にそういう話ししたじゃんか。それも忘れちゃったの？」

「……そっか」

そう言われるとそんなような気もしてくる。僕は自分という生き物に全く興味がないんだな、と改めて思う。

僕の隣に座り直したナナミはスクールバッグを開けて、中から赤いリボンの巻かれた薄茶色の紙袋を取り出した。

「プレゼント、色々悩んだんだけど、これからの季節に使えるかなと思って、これにしたよ。はい、どうぞ」

受け取った袋は見た目よりも軽かった。リボンを解いて、袋の口を開けて、中の物を取り出す。それは毛糸で作られたアーガイルチェックのマフラーだった。

「あ、ありがとう……」

礼を言うと、彼女は照れくさそうに頰を搔きながら補足した。

「最初は手袋にしようと思ったんだけど、初心者の私にはハードル高いかなぁと思って、マフラーにしたよ」

「えっ、君が編んだの？」

「うん」

「……すごい」

「えへへ、褒めても私の笑顔しか出ないぜ？」

僕は素直に感心していた。日々何もせずに、無意義な消費ばかりしている僕にとって、この世界に何かを作り出すということがとても高尚で、尊いことのように感じられた。

折り畳まれていたマフラーを広げ、首に巻いてみる。

「温かい――

一でしょう。これで、巻く度に私を思い出せるね」

　そうか、これは、世界一優しい首輪なんだな、と僕は思った。僕はこれでまた、ナナミの想い出から、逃げられなくなる。

「君が私を忘れないように、魔法をかけておいたから」

　そう言った彼女の言葉に、僕は不思議な違和感を抱いた。同じセリフを、何かの本で読んだような覚えがある。確か、ヒロインが難病を患っていて、ラストには死んでしまう、いわゆる「難病モノ」の物語だったような気がする。

　これまでも何度か、こういう違和感が過ったことがある。彼女が物語を「模倣している」と感じるようなやり取りが。近い未来の死という悲しい運命を背負ったヒロインに、自分を重ねているのかもしれない。そう思うと、胸が軋んだ。

「じゃあ、陽が暮れる前に、駅前のカフェ行ってケーキ食べよう」

　ナナミはそう言って立ち上がり、僕の方に右手を差し出した。僕はしばらくそれを眺めた後、左手でそれを握って、腰を上げた。

　歩き出しながら、「あ、そうだ」とナナミが言う。「誕生花って知ってる？」

「いや、知らない」

「誕生日ごとに花が決まっててね、前に調べたんだけど、樹の誕生花は『スターチス』だったよ」

「へえ」

「花言葉は、変わらぬ心、変わらない誓い、途絶えぬ記憶、だって。なんかドラマチックだよね」

「……そうだね」

変わらぬ心、変わらない誓い、途絶えぬ記憶。それは「私を忘れないで」というナナミの願いに呼応しているようだった。僕がそうあれたらいい。

柔らかな秋風の吹く公園を二人でゆっくり歩きながら、手の中の彼女の温もりを感じていた。マフラーを巻いた首元と同じくらい、心の中が、温かかった。

ナナミが死ななければいいのに。そう、思った。

11月17日（火）　晴れ
ナナミの学校が終わった後、松戸駅で集合し、水元公園（みずもとこうえん）に行った。途中、三百円ショップでナナミはヒヨコの顔のシャボン玉のおもちゃを買った。
駅から公園まで徒歩三十分もかかる。正直遠い。でも道中の江戸川河川敷も、目的の水元公園も、とても空気が澄んで気持ちが良かった。やはり秋は良い。

今日は、僕の誕生日だったらしい。ナナミが手編みのマフラーをプレゼントしてくれた。（至近距離でクラッカーを打ってくるのはどうかと思ったが）

こうして、一つ、また一つ、ナナミの想い出が増えていく。空虚だった僕を満たして、温めていく。もう止めようがない。僕はナナミが好きだ。

手を繋いで歩く時、その体を引き寄せて、抱きしめてしまいたい衝動に駆られた。でもそうしてしまえば、終わりが、余計、つらくなる。

苦しいな。どうすればいいんだろう。

この頃、眠ると、不思議な夢を見る。

暗い場所で僕は冷たいナイフを持ち、それを誰かに突き刺している。表情も、感情もなく、淡々と、誰かに刃を突き立てる。何度も、何度も。

その刺されている相手は、僕だった。虚ろな顔で、抗うこともなく、ただ刺され続けている。ごめんなさい、ごめんなさい、と呟いているように聞こえる。

夢だからか、痛みはない。血も出ていない。僕は僕しかいない世界で、静かに僕を殺し続けている。

目覚めると苦しくて、枕元に置いているナナミのマフラーを抱き締めた。

#2　お前はもうすぐ死ぬんだ、と、彼は悲しげに言った。

12月1日（火）　曇り

12月になった。

ナナミの最期の時が来年の3月であるなら、彼女の残り時間は、あと約3か月だ。流れる時間を止めることはできない。僕たちは生きている限り、常に死に向かって歩み続けている。

誰もがいつか死ぬのなら、一体僕たちは何のために生きているのだろうと、時折考える。種の保存のため？　それでは虫や獣と変わらない。そんな根本的な話ではなく、もっと、個の人間としての、逃れようのない「死の運命」から目を逸らさせるほどの「生きる理由」が、必要なんだ。

僕の場合は「ナナミの想い出を抱えて歩き続けること」だろうか。なんて受動的で、消極的で、後ろ向きな理由だろう。でもそれが、彼女の心の救いに繫がるなら。

今日はナナミが以前から観（み）たいと言っていた映画を観に行った。海外の恋愛ものだった。僕は主人公にあまり感情移入できなかったが、ナナミはぽろぽろと泣いていた。

映画館を出た後、ファストフード店で感想を言い合ったが、僕がそれほど心動かされなかったことが彼女にはご不満のようだった。ナナミが観たかったのだから、彼女自身が楽しめたのなら、僕の感想なんてどうでもいいと思うのだが。

でも、自分が気に入ったものは、他者も同じような気持ちになると嬉しいものなのだろう。次はもっと気の利いたことが言えるよう、意識して観よう。

次の機会があるか、分からないけれど。

僕が、僕を殺している。

ここは暗い。まるで、エンドロール。

僕は目の前の僕にナイフを突き立てているのに、その手応えはない。

僕は目の前の僕にナイフで刺されているのに、痛みはない。血も流れない。

どちらも僕であり、どちらも僕ではない。

ごめんなさい、ごめんなさい。そう呪詛(じゅそ)のように呟き続けている。

気付くと足元に、沢山の僕が倒れている。

そうか、こうして、無数の僕が、殺されていくんだ。

僕はナナミのことを思い出そうとする。

その記憶だけが、光になっていく。優しい温度になっていく。

けれど、ナイフを持った僕が、僕に向かいその刃を振りかざす。

やめてくれ。これだけは。大切な想い出なんだ。

けれど暗い顔をした僕は、ひとかけらの希望さえも許さないかのように、躊躇いもなくその手を振り下ろし——


枕元に置いていたスマホのアラームで目が覚めた。

呼吸を整え、ナナミがくれたマフラーを手繰り寄せて、胸元で抱きしめる。

ひどい夢だ。ここ最近、頻繁に見る。夢はその人の願望や心理状態が顕れることがあると聞くけれど、一体僕の心の何が、こんな夢を見させているのだろうか。

無機質な電子音を発し続けているスマホを止めるため、手に取った。画面には、『月待燈新作発売日。買いに行く。』とポップアップでメッセージが出ている。

寝起きで頭が働いていないのか、自分がこんな予定を登録したことを思い出せない。

けれど、指紋認証でロックを解除する端末だから、自分以外にはあり得ない。

月待燈、というのは作家の名前だろうか。ブラウザを起動して検索してみたら、確かにその作家の新作小説が今日発売するらしかった。その表装のデザインを見て、自分が以前「忘れないようにスケジュール登録しておこう」とスマホを操作したことを思い出してきた。けれど、どうしてこの作家に興味を持ったのかが分からなかった。まあきっと、随分前に読んで、関心を持ったのだろう。人は忘れていく生き物だ。

スマホ画面の日付は十二月十六日水曜日。時計は午前十時になっている。今日のナナミとの約束は、彼女の学校が終わった後の午後四時だから、それまでは自由に過ごせる。家の周りに書店はないから、少々面倒だが、電車に乗って大きめの本屋に行こう。

目的の本は、書店の新刊コーナーですぐに見つけられた。『水無月（みなづき）のラプソディア』というタイトルのハードカバーで、夜の草原に立つ後ろ姿の女性が、鳥が翼を開くように両腕を広げている、そんな表装だった。

レジで購入した後、せっかく電車に乗って来たのにすぐに帰るのも何だかもったいないように感じた。スマホで地図を見ると、少し歩いた所に公園があるようだから、そこに向かうことにする。地図アプリの案内によると徒歩十四分の距離だが、ナナミに付き合わされて散々歩いている僕には、もう躊躇う遠さではなかった。外は冬の寒さが満ちているが、ナナミがくれたマフラーがあるから、問題ない。

辿り着いた「貝柄山公園」は中央に池があり、名も知らぬ鳥がぷかぷかと浮いていた。池に向かう形のベンチに腰を下ろし、マフラーを巻き直すと、買ったばかりの本を開いた。外で本を読むというのもたまにはいいかもしれない。

読書に集中していたら、いつの間にか時間は午後三時にまでなっていた。そろそろ移動しなくてはナナミとの約束に遅れてしまう。僕は本をしまい、ベンチから立ち上がった。

今日はナナミが家に来ることになっている。前に観た映画の吹き替え版DVDを借りたから、また一緒に観ようということだった。前回、僕の反応が悪かったから、リベンジのつもりなのだろうか。字幕と吹き替えでそう大きく印象が変わるとは思えないが、今度はもう少し丁寧に観てみようと思っている。

電車を降り、家の最寄り駅の改札を出た。冬の晴れ空は遠く青く澄んで、軽そうな雲をぽつぽつと浮かべている。吐く息はまだ白くなるほどではないが、頬に当たる風は冷たくて、僕はマフラーを口元まで上げてその温もりを大切に感じながら、帰路を歩いた。

家まであと五分の曲がり角を曲がった所で、僕は慌てて足を止めた。すぐ目の前に、高校の制服を着た女性が二人で向き合って話していて、ぶつかりそうになったのだ。

「おっと」

僕の声に二人が振り向く。その片方が、幽霊でも見たように驚きと焦りで硬直していく。その人は――

「ナナミ？」

彼女がいつもと少し違うように感じたのは、右耳に青い花のヘアピンをつけていないからだと気付いた。

「どうしたの、そんなに驚いて」

「あ、えっと……」

もう一人の女性はメガネをかけて、髪が長く、整った服装や表情からも真面目そうな印象を与える人だった。非常に勝手な想像だけれど、生徒会にでも入っていそうな風貌。クラスメイトからは「委員長」と呼ばれているに違いない。

「遠坂（とおさか）さん、この人は？」と、委員長は言った。遠坂さん。遠坂さん？

一瞬混乱したが、状況的にナナミのこととしか思えない。そうか、僕は、彼女の苗字すら知らなかったんだ、と今更ながら気付く。

二人から回答を求められる形になったナナミは、血の気を失ったような顔色で僕と

委員長を交互に見ながら、何かに怯えるように両手で口元を隠し、三歩ほど後ずさった。そして、

「ご、ごめん、なさい、失礼します……」

そう言って逃げるように駆け出した。角を曲がり、すぐにその姿が見えなくなる。

一体どうしたというのだろうか。取り残された僕と委員長は、しばし呆然（ぼうぜん）とした後、気まずく視線を交わした。頭を下げて立ち去ろうとしたが、呼び止められてしまう。

「あの、失礼ですが、あなたは遠坂さんのお知り合いの方ですか？」

そう問われて、答えに迷った。今のナナミは、間違いなくナナミだった。毎日会っている僕が彼女を見間違えるはずがない。けれどさっきの彼女の行動は、あまりにもいつものナナミとかけ離れていて、本当にナナミなのだろうかと不安になる。性格が正反対の双子の妹、と言われた方が納得できる。

「遠坂さんって、ナナミのことですか……？」

結局、質問に質問で返してしまった。

「え？　ええ、そうですけど。遠坂七海さん。わたしは彼女のクラスメイトで、友人です。あなたは？」

「えっと、まあ、友人の一人、みたいなものです」

「彼女に何かひどいことしたんですか？」

僕を見る委員長の目が鋭いものになる。僕は慌てて首を横に振る。

「いえ、決してそんなことは」

「本当ですか？　じゃあなんで彼女は逃げたんですか」

「こっちが聞きたいくらいですよ」

委員長は片手を口元に当てて何か考えているようだった。

「学校での彼女はいつもと変わった様子はなかったから……一旦あなたの言うことを信用します。すみません、疑うようなことを言ってしまって」

彼女は律儀に姿勢を正して頭を下げた。最初の印象の通り、とても真面目な性格なのだろう。

「……いえ」

「でも、そうすると、やっぱりなんであんなに慌てたのか、分かりませんね。何か心当たり、ありますか？」

そう言われて頭の中を漁ってみたが、さっぱり分からない。

「……分かりません。この後、うちに来る約束なんですけど、どうするんだろうな」

今度は委員長が、先ほどのナナミのように驚きで口を開けた。

「もしかして、遠坂さんの彼氏さん、ですか？」

また答えにつまる。僕は一体、ナナミの何なのだろうか。でも曖昧に濁してまた詰問されたら面倒だから、「そんなようなものです」と答えた。そこには、僕の願望もわずかながら含まれている。

「驚いた……。彼女に、お付き合いしてる人がいたなんて」

先ほどから感じていた違和感が、またその大きさを増した。高校二年生ともなれば、ナナミのように活発で行動的な人であれば、恋人がいることは特段驚かれるようなことではないのではないか。

「あの、ナナミは学校では、どんな感じなんですか？」

委員長は、「どうしてお前がそんなことを訊く？」とでも言うように小首を傾げた。

「え、彼氏さんなら彼女のことよく知ってるんじゃないんですか？」

罪悪感を飲み込んで、僕は嘘をつく。早くこの違和感を払拭してしまいたかった。

「本当は僕も彼女と同じ高校に行けたらよかったんですけど、事情があって、行けなくて……。だから学校で彼女がどんな風に過ごしているのか、知りたいんです」

委員長はまだ警戒が残るように躊躇いつつも、うつむいて話す僕に同情してくれたのか、話してくれた。

「うーん、そうですね……。とても大人しくて、静かな子ですよ。休み時間はいつも自分の机で本を読んでいます」

ずっと一人？　大人しくて静か？　信じられない。やはり僕の知っているナナミとは別人なんじゃないかという気がしてくる。

僕の知るナナミは、遠慮がなくて、やたらとアクティブで、よく笑って、誰とでも打ち解けてすぐに友達になりそうな、良い意味での図々しさを持った女の子だ。しかしこのことを言えば、委員長はまた僕を疑うだろうな、と思えた。

だから、躊躇ったけれど、ずっと気になっていたことを訊いてみることにした。ナナミを蝕み続けている病気は、一体何なのだろうか。

「ナナミは、その……学校で具合が悪そうにしてることはないですか？」

「え、いえ、特にそういう姿は見ないですね」

「薬を飲んでたりはしないですか？　頻繁に休んだりとか、体育を見学したりとか」

「そういうこともないですよ。普通に、静かに、過ごしています。……あの子、何か病気なんですか？」

「……僕はそう聞いてるんですけど、詳細を教えてくれなくて。だから心配で」

委員長は首を傾げて、考えるように片手を顎の辺りに当てた。

友達にならら話しているかもしれないと思ったが、そうでもないようだった。自分が残りわずかな命だと、付き合いのある友達には逆に打ち明けられないものだろうか。それとも——

「でも、もしかしたら……」委員長は神妙な面持ちで、ナナミが走り去っていった方を見て言った。

「どうしました？」

「あ、いえ、こんなの、わたしの想像なので」

「それでも、よかったら話してくれませんか。僕の知らない彼女を知れれば、今日逃げて行った理由が分かるかもしれない。もし僕が彼女を知らないうちに傷付けてしまっていたのなら、謝りたいので……」

委員長は少し悩むように唸った後、話してくれた。

「あの子、一年の時に演劇部に入ってたんです。失礼な言い方かもしれないけど、演劇をするような性格に思えなかったから、それがとても印象に残ってて。で、わたし、生徒会の仕事の合間に、演劇部の練習をこっそり見に行ったことがあるんです」

ナナミが演劇部に入っていたというのは、聞いたことがあるような気がする。そして委員長はやはり、生徒会に所属しているようだ。

「遠坂さん、あの大人しい性格だから、音響とか照明とかの裏方をやってるのかなと思ってたんですけど、見てみると、舞台で活き活きと演技してるんですよ。活発で明るい女の子の役を。わたし、感心しちゃいました。あんな風にはっきり話したり、笑ったりできる子なんだなって。教室でもそんな風にしていればいいのに」

彼女の話の中の、舞台上で話して笑う女の子が、僕の中のナナミ像と符合していく。

そんな、まさか——

「その役って、詳しくは、どんな？」

「わたしも詳しくは知らないんですけど、難病を患った余命わずかな女の子の役だったような……」

自分の中でガラスが破砕するように、心にびしびしとヒビが入って拡がっていく。

まさか。いや、でも。これまでに何度か生じていた違和感が、ここに集約していく。

彼女のセリフ、彼女の言動が、「難病モノ」の物語を模倣していると感じたこと。それは単に、そういった物語で悲劇的な運命を背負わされたヒロインに、自分の境遇を重ねているんだと思っていた。でも——

目眩がして、僕は右手で額を押さえた。世界がひっくり返るような心地だ。

ナナミは、演じている……？

僕に見せているキャラクター──明るくて奔放で、人懐っこくて、よく笑って、そして余命わずかな女の子──を、自分を偽って、演じている。

僕を、騙しているのか。

「これはわたしの勝手な想像ですけど、遠坂さんがあなたに話した病気のことって、もしかしたら、その演劇の、役の話なのかなって、──えっ、あの、大丈夫ですか⁉」

道路にしゃがみ込んでしまった僕を、委員長は心配してくれた。

「……大丈夫です。家、すぐそこなんで、帰ります」

立ち上がってふらふらと歩き出した。委員長は何か声をかけてくれたようだったが、僕の頭はそれを処理できなかった。


自室に入り、学習机の椅子に乱雑に腰かける。

意味が分からない。ナナミが僕を騙している？　なぜ？　何のために？

余命わずかな可哀そうな少女を演じて、同情を引くため？　あれこれと買わせたり、遊びに付き合わせて、体よく利用するため？

考えていると感情が暴走する。胃の辺りに不快な感覚が集まっている。それが「怒り」だと気付くのに時間がかかったのは、自分がそんな強い感情を持つことがこれまでなかったからだ。怒りの感情というのは、他の全ての感情よりも優先されて表出すると、何かで見聞きしたような気がする。なるほど、これは厄介なものだ。ぶつける先がないと、心が埋め尽くされてしまいそうだ。

僕は巻いていたマフラーを外してベッドの上に放り投げた。日記帳を開いてボールペンを持ち、白い紙の上にペン先を乱暴に走らせていく。

12月16日（水）

最悪の気分だ。腹が立つ。僕はナナミに騙されていたのだと気付いた。

本を買った帰り、学校の友人と話しているナナミと鉢合わせした。彼女は僕を見て、尋常ではない様子で驚き、焦り、そして逃げて行った。

残された友人から話を聞くと、ナナミは以前演劇部で、「明るく陽気な、しかし難病を患って余命わずかな少女」の役を演じていたそうだ。それは、まさに僕が知っているナナミという人間じゃないか。その友人によれば、ナナミは学校では非常に大人しくて静かな性格らしい。

なんだそれは。ふざけるな。キャラクターを演じて、嘘をついて、僕を騙して、いいように動かしていたのか。僕が思い通りに従っているのを、陰であざ笑っていたのか。ふざけるな。ふざけるな。

日記に感情をぶつけても一向に怒りは鎮まらず、そもそもこの日記だってナナミに言われて書いてるんじゃないかと気付き、僕はその黒革の表紙を摑んで思いっきり壁に投げつけた。

「くそっ！」

激しい音を立てて日記は壁にぶつかり、そして床に落下した。それでも胸の中のむしゃくしゃとした感情はなくならず、僕は倒れるようにベッドに転がり、がしがしと頭を掻きむしった。

限界まで肺の中に空気を取り込んで、ゆっくり吐き出す。それを何度か繰り返していると、ようやく心は落ち着いてきた。

ナナミは嘘をついていた。それはきっと、本当なのだろう。僕に見せている偽りのキャラクターと、学校での普段の性格が正反対だから、僕とあの委員長を前にしてどうすればいいか分からなくなり、逃げ出したのだろう。

さっきは動揺して、「僕は騙されている」と決めつけてしまっていた。でも本当にそうだろうか。「嘘をつく」ことと「騙す」ことの間には、大きな違いがあるように思う。仮に僕を騙していたとして、それによってナナミが得るものは、一体何なのだろう。確かに、彼女に連れ回される「デート」で僕が金を出すことは多かったが、大した額ではない。なぜ彼女は、嘘をついてまで、僕のようなつまらない男に狙いを定めたのだろうか。

ベッドの隅で萎れたように横たわっていたマフラーを手繰り寄せ、間近で眺めた。既製品ではない、手編み特有の粗さが見える。彼女は確か、初心者だから手袋をやめてマフラーにしたと言っていたっけ。それでも、このアーガイルの柄に編み上げるのは、大変な手間だっただろう。

あの楽しそうに笑う顔や声も、時折見せる寂しそうな横顔も、僕に向ける温かな優しさも、本当に全部、演技なのだろうか。分からなくなる。

僕はこれまでのナナミとの記憶を振り返った。映画を観たり、ファミレスやファストフード店で目的もなくだべったり、広い公園を散歩したり、……あとは、何だっけ。

ベッドから起き上がり、部屋を歩いて、床に転がったままの日記帳を拾い上げた。ついさっき書いたページから、過去に遡っていく。

『僕はナナミが好きだ』

　そう書かれた箇所を見て、胸が苦しく軋んだ。この恋も、偽りなのだろうか。

　さらにページを捲(めく)っていく。十一月、十月、九月、と時が遡っていく。沢山の想い出が、僕の字でそこに書き込まれている。

「え……？」

　ページが九月の半ば頃に差し掛かった時、唐突に、強烈な違和感を覚えた。目が文字の羅列を追う。脳がそれを理解しようとする。けれど受け付けない。混乱する。頭の中が白くなっていく。これは、何だ。どういうことだ。

　そこまでは、書かれている文字を流し読めば「こんなこともあったな」と思い出すことができた。しかしある日を境に、日記の記載と自分の中の記憶が紐付かなくなっている。

　まるで、自分ではない別の人間の記録を読んでいるような感覚。

　恐怖に似た胸騒ぎを覚えながら、ページを捲っていく。八月三十一日。その日は、ナナミがこの部屋に来て、二人でウイスキーを飲んだらしい。そして僕は彼女をベッドに押し倒し、額にキスをした、と書かれている。

　馬鹿な。人は忘れる生き物とはいえ、そんな強烈なことをすれば、そう簡単に記憶から消えるはずがない。しかし、フィクションの創作でもあるかのように、これが自分の数か月前の記録だとはとても思えなかった。まさか僕が、妄想でありもしない記録をつけていたとでもいうのだろうか。仮にそうだとしても、その記憶さえないのはおかしい。

僕は日記を持ったまま、自分の記憶を辿(たど)ってみる。想い出の中はナナミとの時間でいっぱいだ。もともと他人との接点を極力避けていたから、ナナミ以外の人物はほぼ登場しない。

それなら、ナナミとの関係の始まりは、いつだったか。どんなきっかけだったか。なぜ僕は、ナナミと親身になったのか。

……思い出せない。

愕然(がくぜん)とする。足元がぐらぐらと揺らぐようだ。今僕が立っているこの現実が音を立てて崩れていくような感覚に震え、思わずヒザを床についた。

一体どうなっている。僕に何が起こっているんだ。

縋るように日記の最初のページを開いた。どうやらナナミと出会った日のことが書かれているようだが、これも、自分のことのように思えない。公園で「ねるねるねるね」？　何だそれは。意味が分からない。

僕は恐怖で日記帳を閉じた。覗(のぞ)いてはいけない暗い深淵(しんえん)に触れてしまったような、そんな寒々とした恐ろしさを感じる。

学習机に歩み寄り、日記帳を置いた。机の上には以前から、透明なガラスのボトルが置かれている。中には、小さな貝殻や、ガラス片や、淡い色の砂が入っている。これは何だっけ。なんで置いてあるんだ。分からない。思い出せない。

僕は恐ろしいこの現実から逃げるようにベッドに潜り込み、頭まで布団を被った。ナナミのマフラーを抱きしめ、悪い夢なら醒（さ）めてくれと思う。あるいは、これが一時的な症状であるなら、眠って、目覚めたら、治っているかもしれない。そう願って、固く目を閉ざす。

無数の僕の亡骸（なきがら）は累々と連なり、まるで道のようになっている。

僕が僕を殺し、僕が僕に殺され続ける。

ここは、エンドロール。人生の終点。

なんて陰惨で、無意味で、無価値な映画だったんだろうか。こんなもの、早く終わらせた方がいい。その方が楽になる。

殺されゆく僕は力なくうなだれた。そして自分の右手に、淡く光る何かが握られているのを見つける。これは、何だっけ。腕を上げると、それは横に長い布のようなもので、端がだらんと垂れている。

これは、マフラー。アーガイル柄の。手編みの。

そうか、ナナミだ。彼女がこれを、僕にくれたんだ。気付くと光は彩りと輝きを増していく。

僕を殺し続ける僕は、その光を見て眉をしかめる。そして声もなく唇を動かした。

──お前が希望なんて持つんじゃない。


目覚めると、辺りは暗くなっていた。夜まで眠ってしまったようだ。スマホの画面を付けるとその眩しさに目を細めた。時計は二十三時を示している。

布団から抜け出して、僕は暗闇の中で自分の内側に意識を向ける。僕の過去、ナナミとの出会い。それはまだ、砂浜に書いた絵が波に消されてしまったように、上手く思い描けないままだった。

ため息をつくと、階下で玄関の扉が開く音がした。父親が帰宅したのだろう。

僕は自分に起きているこの状況を父親に相談してみようと思い、立ち上がった。自室のドアを開けるためにノブを摑み、ふと考える。

僕の父親は、どんな人間だったか。どんな容貌で、どんな体型で、どんな性格で、どんな声をしていた？

僕は父親を、何と呼んでいた？　親父？　父さん？

いや、そもそも、母親はどうしたんだ。どこにいるんだ。

どうして僕は、こんなにも欠けているんだ。

考えていても混乱は深まるばかりで答えは出ない。僕は部屋を出て、階段を下りていく。リビングの明かりが、ドアの磨りガラスから漏れ出ている。

不気味に早鐘を打つ心臓をなだめ、ドアを押し開けた。スーツのワイシャツの首元を緩めただけの中年男性がソファに座り、開けたばかりの缶ビールを持ちながら、驚きを滲ませた表情でこちらを向いた。

「……お、おお、樹。顔を合わせるのは久しぶりだな」

その声から、少なくとも暴力的な父親ではないことは判断できた。

「とう、さん？」

「ああ、ちゃんと、お前の父さんだぞ。どうしたんだ今日は。下りてくるなんて珍しいな」

顔を合わせて、言葉を交わしても、目の前のこの人が自分の父親だという実感が湧かない。

「ま、まあ座れよ。腹減ってないか？　あー、減ってても、大したものは出せないんだけどな」と言って、その人は苦笑いした。

　僕は「大丈夫」とだけ答え、食卓の椅子を引いて座った。

「……仕事、毎日遅いんだね」

「ああ、まあなあ、リリース前後のシステムエンジニアはこんなもんなんだよ」

　父親は諦めも含んだような声で小さく笑い、缶ビールを一口飲んだ。

　僕が黙ると、リビングを沈黙が満たす。僕という人間をどう扱ったらいいか迷っているような、そんな気まずさを感じる。

「あのさ」と僕は切り出す。

「なんだ？」

「僕って一体、何なの」

「ははっ、随分哲学的な問いだな」

「三か月前より以前のことが、全く思い出せないんだ」

　父親は動きを止めた。その表情から笑いが消える。この人は、何か知っている。

　僕は言葉を続けた。

「正直、自分の状態が怖いよ。僕の母親はどこにいるの。なんで僕はそんなことすら忘れてるの」

しばし悩むような間を開けて、父親はビールの缶をテーブルに置いた。

「なあ、樹」と、うつむいたまま言う。

「なに」

「俺のこと、恨んでるか？」

「え、なんで」

「いや、父親のくせに、全くお前に関わろうとしないで、口座に金だけ入れてさ……。これじゃ、忙しさを言い訳にして、お前から逃げてるみたいだ、って」

「別に、恨んではいないよ。というか、父さんがどんな人だったかも、僕は忘れてた」

父はそこで顔を上げ、僕の顔を見た。悲痛な表情だった。

「そうか……そう、だよな」

そしてまたうつむき、右手で目元を覆う。その手はいくつもの疲れが刻まれたように乾いていて、髪には白髪が混じっている。この人が体の内側に重そうに抱えているものは何なのだろうか、と僕は考える。父は震える声で話し出した。

「ずっと、お前に話さないといけないと、思ってた。でも、怖かった。伝えたら、お前はすぐにでも自分を終わらせてしまうんじゃないかと思ってた。お前までいなくなったら、俺は本当の一人になってしまう。だからずっと、お前に会うのが怖かった。すまない。すまない」

　ため息のような呼吸をした後、父はようやく手を離し、僕の方を向いた。目が赤くなっていて、今にも泣いてしまいそうだ。忘れていたとはいえ、自分の親が泣く姿は見たくないなと思う。

「でももう、ちゃんと言わないといけないな。樹、覚悟して聞いてくれ。実は、」

　自分の胸の辺りがきりきりと痛むのを感じた。この先に語られることの衝撃を、僕は受け止めきれるのだろうか。

「樹は忘れているんだが、お前は過去に大きな事故に遭って、心身に重大な損傷を負ったんだ。そして……」

　僕はやはり、忘れているんだ。これまでの、何もかもを。忘れていたことさえも、忘れて。

　そして父は、悔恨と苦渋に満ちた表情で、残りの言葉を口にした。

「お前の命はあと、三か月ほどの時間しか、残されていないんだ」

　その言葉を飲み込むのに時間がかかった。

僕の命は、残り三か月ほどしか残されていない。目の前の父親はそう言った。

そうなった原因さえ、僕は忘れている、と。

「どういうこと……詳しく、教えてよ」

勿論(もちろん)だ、と答え、父親は語った。

この家には今、僕と、父の、二人しかいない。けれど以前は、母と妹もいたらしい。

僕はそのどちらも、一切覚えていない。

約三年前、家族旅行で車に乗っていた時、後ろから居眠り運転のトラックに追突された。その際に母と妹は死亡し、僕は全身と頭を強く打ち、昏睡(こんすい)した。ひと月ほどで目覚めるが、全ての記憶を失っていた。

さらにその後の検査で、脳内の記憶を司(つかさど)る機能に問題が発生しており、新しく得た記憶も、少しずつ消えていくことが判明した。

人間の記憶にはいくつか種類がある。すぐに忘れる短期記憶と、長く覚えている長期記憶。長期記憶も数種類に分類され、その中に意味記憶とエピソード記憶がある。意味記憶は「知識」に相当するもので、エピソード記憶は、いつ誰と何をした、とか、それに伴う五感の記憶——いわゆる「想い出」と呼ばれるものだ。僕はそのエピソード記憶を、過去の方から少しずつ失い続けているらしい。一般的な忘却よりも、もっと速いスピードで。

　そしてこのまま記憶が減り続け、やがてゼロになった時、生命活動の全てが途絶えるか、植物状態になるか、医師にも判断がつかないそうだ。記憶の減少速度から推測された「最後の時」が、今から約三か月後。

　残り三か月の命。それはずっと、ナナミのことだと思っていた。でも、時間があまり残されていないのは、僕の方だった……。

「怖いか？」と、遠慮がちな声で父が訊く。

「……正直、自分が近いうちに死ぬということの実感はまだないよ。でも、僕がなんでこんな生き方をしているのか、ようやく納得できたような気がする」

「本当に、すまなかった」

「なんで父さんが謝るんだよ」

「お前に黙っていたこと。お前から逃げていたこと。家族を守れなかったこと。全部だ。俺は、父親失格だ」

　なんと答えればいいか分からない。この人が抱える罪悪感ときちんと向き合うには、僕は色々なものを忘れすぎていると思った。だから、話題を変えることにした。

「僕の母さんと妹は、どんな人だったの」

父は書棚の奥から一冊のアルバムを持ち出して、僕の座る食卓の上で広げた。

それは僕の誕生の日から始まっていた。「11月17日　樹　誕生」と、赤子の写真の下にペンで書かれている。隣に、僕の母親と思われる女性の写真もあった。綺麗な人だったんだな、と僕は思った。

「母さんは、玲子っていう名前だ。美人だろ？」と、父はその写真を、大切なものを思い出すように指先でそっと撫でて、静かに言っていた。

ページを捲る度に僕は成長していき、そしてもう一人の赤子が増えた。「雫　誕生」と書いてある。

雫、と声に出すと、「そう、これがお前の妹だ」と父が言った。

幼稚園。小学校。春は花見。夏は海。冬はスキー。季節のイベント毎に、笑顔の写真が貼られている。とても幸福な家庭だったのだろうと、その写真から容易に推測できた。けれどやはり、それが自分の過去であると紐付けて考えることができない。

ページを進めると、公園のような所で無邪気に笑いながらピースサインを向ける幼い僕がいて、そしてその横に、見覚えがあるような少女が恥ずかしそうに小さくピースをして写っている写真があった。

「この子は？」

「ああ、近所の遠坂さんちの、七海ちゃんだよ」

息が止まる。心臓がドクンと大きく跳ねた。

震える指で、その写真の少女に触れた。

「ナナミ……？」

なぜ彼女がここに写っている。僕とナナミが出会ったのは、あの日記の最初のページの日だったんじゃないのか。自分の中の認識が、大きく音を立てて覆っていくのを感じる。

十数年前の写真、君がここにいる意味。そして数か月前、君が僕に会いに来た意味。

胸の内に生じた衝撃が、高鳴る鼓動と共に、次第に温かなものに変わっていく。

父は僕の驚愕（きょうがく）に気付かぬまま、言葉を続けた。

「家が近くて、年も同じだから、よく遊んでた。本当に仲良かったんだぞ。七海ちゃんはずっとお前の後ろにくっついて、何をするにも一緒だった」

ナナミ。ナナミ。

君は、ずっと前から、僕の隣にいたのか。

まだ幼かった頃からも。僕が、君を忘れてしまった後も。

「……さっき、近所って言ったよね」

「ああ、同じ町内だよ」

「どこなの」

「えっと、確か」

父が言った住所を、僕はスマホの地図アプリに入力する。それは確かに、ここから歩いて五分程度の場所だった。

「行ってくる」

「おい、まさか今から行くなんて言うんじゃないだろうな」

「やめとけって、もう真夜中だぞ。相手にも迷惑だ」

立ち上がった僕は肩を摑まれた。でも僕は、それを振り払う。

「僕には時間がないんでしょ？」

「そうはいっても、あと三か月はあるんだし、明日にするくらいは――」

「僕はこれまで、空虚に生きてきた。空っぽだった。その時の記憶はもうないけど、そんな感覚は残ってる。でも、ナナミが僕の内側を埋めてくれたんだ」

「……ああ、あの子が頑張ってたのは、俺も知ってる」

「彼女のおかげで僕はここまで生きてこられた。それが、嘘の関係でも、僕の生きる意味になってた―

僕たちは、ずっと前から会っていた。お互いを知っていた。

「きっと、僕はこれまで、彼女を沢山傷付けてしまった。ナナミは多分、今、自分を責めてる。だから会いに行きたい。これまでのことを謝って、そして感謝したい。僕はもう時間を無駄にしたくない」

父は複雑な表情でしばらく僕の顔を見て、そしてうなずいた。

「……分かった。お前の思うように生きなさい」

僕は自室でナナミのマフラーを拾い、首に巻くと、家を出た。スマホの地図で道を確認してから、歩きながらメッセンジャーアプリを開いて文字を打ち込む。

樹：ごめん、遅い時間だけど、これから会えるかな。

既読はすぐには付かなかった。

樹：父親から、僕の症状について聞いた。今、君の家に向かってる。

樹：よければ、色々話したい。

やがて僕は、一軒の家の前で立ち止まった。表札には「遠坂」と書かれている。

きっと昔は、ここに遊びに来たこともあったのだろう。

さすがに呼び出しのベルを押すのは躊躇われた。スマホ画面を見ると、先ほど送ったメッセージに既読マークが付いていた。玄関の明かりが点いたのが見え、少しして、扉が遠慮がちに開かれた。その隙間から、ナナミがそっと顔を出す。

「ナナミ」

彼女は僕と視線を合わせず、うつむきながら零すように言った。

「……ごめん。ずっと騙してて」

数時間前、何も知らなかった僕は、そのことに激しい憤りを感じた。けれど今は、怒りの感情など発生しようがない。

「それはもう、いいんだ。それよりも、僕の方こそ、ごめん。君のことを忘れてしまっていて」

ナナミが視線を上げ、僕を見た。

「思い出したの？」

「いや……思い出してはいない。僕が全部忘れていたということを、知っただけだ」

彼女の瞳にわずかに宿った光が、また薄れてしまった。小さくうつむいて、ナナミは言った。

「また、近くの公園で、ちょっとお話ししようか」

冬の夜の公園は暗く、そして寒い。ナナミに連れられて、街灯の下のベンチに二人で座った。ここは都会というほどではないけれど、星はほとんど見えない。

「今年の春に樹と会ってから、ここに座るの、これで三回目……になるのかな。最初は、私がねるねるねるね作って、一緒に食べたんだよね」

その記録は少し前に、日記の最初のページで読んだ。でもその記憶はもう、自分の中には一つの欠片も残っていない。

「次は、私がしばらく樹に連絡しなかったら、樹が心配して、怒っちゃって、それでここで謝ったんだよ」

「……ごめん、覚えてない」

「そっか、そうだよね」

ナナミは少し困ったような表情で、小さく笑った。

記憶とは、何なのだろうか。想い出や経験の蓄積が、その人の心や人格を形成するなら、それを失い続けていく僕は、一体何なのだろうか。

「ナナミは、どうして初対面のフリをしていたの？　正反対なキャラクターを演じてまで」

「だって」

ナナミはうつむき、流れた横髪で顔が見えなくなる。夜に呼び出したからか、いつものへアピンはつけていない。

話し出した彼女の声は、この夜のように静かだった。昨日までの明るく活発なナナミとは、やはり別人のように思える。

「三年前の事故の後にね、昏睡してた樹が目覚めたって聞いて、すごく嬉しくて、中学校を早退して病院に走って行ったんだ。それなのに、樹は、私のことを全然知らない人みたいに、冷たい目で、見るから」

「……ごめん」

「謝らなくていいよ。樹は悪くないんだし」

やはり僕は、今の僕の知らない所で、彼女を傷付けていた。

言葉ひとつひとつを丁寧に選ぶように、ナナミはゆっくりと話す。

「その時私、すっごく落ち込んで、いっぱい泣いたんだ。学校を何日も休んだくらい。でもずっとそうやって傷付いて、現実から逃げてても、何にもならないなって思って。忘れられちゃったなら、せめて残された時間は、新しい関係で、また知り合えばいいかな、って。でも私、こんな性格だから、全部忘れちゃった樹とゼロから上手く仲良くなれるか、不安で」

「もしかして、それで、演劇部に？」

隣に座る彼女は僕の目を見上げて、静かにうなずいた。

「……すごいな」

僕は素直に感心した。感動したと言ってもいい。今日会った委員長の話から、本当のナナミは静かで消極的な女の子だと思った。けれど、記憶喪失になった幼馴染と再度知り合うために、演劇部に入って明るいキャラクターを演じる訓練をするというのは、並外れた行動力だ。僕にはとても真似できそうにない。

誉め言葉に照れたのか、ナナミは少し耳を赤くして再度下を向き、言葉を続けた。

「その時読んでた小説で、難病で余命わずかなんだけど明るくて元気な女の子が、同級生の男の子をぐいぐい引っ張っていくようなやつがあって。このヒロインみたいな子になれば、樹と上手くやっていけるかなって……余命わずかな相手って分かれば、樹もしっかり向き合ってくれるかなって、そう思ったんだ。だから部長にお願いして、そういう脚本と人物設定にしてもらったの」

僕とまた知り合うためにそこまでしてくれたという事実に、胸の中が熱くなっていく。これまでの僕に見せていたナナミは、全て演技。それに気付いた時は確かにショックだったし、なぜそんなことを、と腹を立てもした。

けれど、それは、つまり。

僕は真っ直ぐにナナミの方を向いて、そして僕にとって最も重要なことを訊く。

「じゃあ、ナナミは……死なないんだよね？」

彼女は僕を見て、迷うように口を動かし、そして躊躇うように視線を落とした。

なぜすぐに答えてくれないのだろう。もうすぐ死んでしまうのはナナミではなく、僕の方だった。それなら、彼女は病気ではないのだ。

ナナミはまた僕と目を合わせて、困ったように微笑みながら、

「……ごめんね？」

とだけ、言った。

彼女の躊躇いと、その末に絞り出されたようなひとことを、騙していたことへの謝罪として、僕は受け取った。彼女の手を取り、自分の両手で包む。

「いや、嘘をついていたことは、本当にもう、どうだっていいんだ。僕のためだったんだろう？　それなら感謝こそすれ、怒る権利なんて僕にはないよ」

握ったナナミの手は、冬の寒さで冷たくなっているが、その内側には確かに命を感じさせる温かさを秘めているのが分かる。

ナナミは、死なない。

僕を置いて行かない。

心の奥から熱が溢れていく。それは体中に広がり、目元から熱い涙になって、止めようもなく頬を伝う。僕は握ったままのナナミの手を自分の額に押し当てた。

「よかった。よかった。君は死なないんだ。よかった」

ナナミに呼び出されて「デート」をする度に、日々、彼女の命の終わりへのカウントを刻んでいるようで、それがずっと悲しくて、苦しかった。でももう、それを気にする必要はない。ナナミは三か月後も、一年後も、きっと十年後も二十年後も、生きている。それが何よりも嬉しい。

洟をすするような音が聞こえて顔を上げると、ナナミもぽろぽろと涙を流していた。その雫が電灯の光を受けて、流星のように煌めく。

僕は小さく笑ってから、「なんで君まで泣くんだよ」と言った。

「だってぇ」

彼女は表情を崩し、声を上げて泣き始めた。僕は摑んでいた手を離し、夜のベンチで泣きじゃくる少女の、その小さな肩を抱き寄せた。ナナミは僕の胸に顔を埋め、しばらく、泣き続けた。

ナナミが落ち着いた後、夜も遅いから帰ることにした。家も近いので、二人で並んで、ゆっくり歩く。

彼女は泣き腫らした目を恥ずかしがって、なかなか目を合わせようとしてくれなかったが、ナナミの家の前で別れようとした時に、「樹」と僕の名を呼んだ。

「どうした？」

「あの」

彼女は少し恥ずかしそうに両手を胸の前で動かした後、言った。

「明るくて元気な私と、本当の、人見知りな私と、……樹は、どっちがいい？」

僕は考える。既にわずかな容量になりつつある僕の記憶の、その大半を占めるのは、自由で陽気で活発で、春の木漏れ陽のようにきらきらと笑うナナミだ。そして僕が抗いようもなく恋をしたのも、その少女だ。

正直、幼馴染であった頃のナナミの記憶はない。僕たちがどんな関係性で、どれくらいの距離感で、どんな温度で、どんな感情を触れさせ合っていたのか。そのどれも、残念ながら今の僕の中には一つの痕跡も残されていない。

けれど目の前の大人しい少女が、過去に僕に忘れられ、傷付けられ、それでも別の人生を演じてまで僕と再び関わろうとしてくれたことを思うと、感謝と共に、温かな愛おしさを感じずにはいられない。それに、無粋なことを言ってしまえば、彼女の友人によって語られた本当のナナミの姿――学校の休み時間に自分の席から動かずに本を読み耽るような、そんな静かで大人しく、自分にあまり自信がないような女の子が、僕の好きなタイプでもあるのだ。

　だから僕は、自分の中に持ち得る目一杯の優しさを微笑みに浮かべて、こう言った。

「どっちも好きだよ」

　ナナミは指元まで伸ばしたコートの裾で顔を隠し、その陰で「えへへ」と笑った。

そんな姿がたまらなくかわいく思えてしまう。

　今度こそ手を振って、僕たちは別れた。スマホの時計は夜中の一時を示していて、明日も学校があるナナミには悪いことをしてしまったと思う。でも多分、いや絶対に、今夜僕たちが話をしたのは、とても意味のあることだった。そう、胸の中の温かさが教えてくれていた。

　ナナミにとってもそうであるといいな、と思う。

　　　12月16日（水）　追記

（もう日が変わって、17日だけれど）

今日は沢山書くことがある。遅い時間になってしまったが、とても重要なことなので、頑張って記していこう。幸い今日は夕方に眠ってしまったので、まだ眠くはない。

前の日記で怒りをぶつけた後、僕は自分の、三か月ほど前から以前の記憶が欠損していることに、この日記を読んで気が付いた。自分の状態を不気味に思った僕は、夜に帰宅した父親に確認した。

細かく書き上げるとキリがないので、箇条書きで記載する。
・約三年前（中学二年生の頃か）、家族旅行で車に乗っている際、追突事故に遭った。
・その際に、母親と妹は亡くなった。
・僕は昏睡し、ひと月後に目覚めるが、記憶喪失になっていた。
・同時に、想い出を少しずつ失っていく症状を発症。
・記憶がゼロになれば、死ぬか、良くて植物状態。
・記憶の減少スピードから試算される「最後の日」は、来年3月中頃。
その後、僕はナナミを呼び出した。彼女は突然現れた「余命わずかな難病モノのヒロイン」ではなく、僕に忘れられてしまった幼馴染「遠坂七海」だった。近所の公園のベンチに座り、二人で話した。

僕と再び仲良くなるために、前述のキャラクターを演じていたらしい。その為に演劇部に入って特訓をしたそうだ。今思ったが、もしかしたら、彼女が演じていた「ナナミ」の呆れるほどの行動力は、案外元々の彼女が持っている特性なのかもしれない。

色々書いたが、要するに、ナナミは死なないんだ。これが一番大切だ。

これからはもう、彼女の笑顔に胸が軋む度に、あと何か月、と気にする必要はないんだ。それは何て幸せなことだろうか。ナナミは死なない。僕を置いていかない。それだけで、仄暗い世界に光が射すような心地だ。

けれどそれは、反対に、僕がナナミを置いて行くということになる。僕は自分が約三か月後に死ぬということに関しては何の恐怖も躊躇いも（今のところは）感じていないが、ナナミの心情に関しては、今後しっかり考えていく必要があると思う。


ペンを置き、ゆっくりと息を吐き出した後、僕は学習机の引き出しを漁って付箋を引っ張り出し、書き終えたばかりのページの上部に貼りつけた。

これは今後、僕にとってとても重要な情報になる。記憶が次々に消えていくのであれば、今日父親から聞いた話も、ナナミと話したことも、いつか忘れてしまうのだろう。その時にこのページを引いて、自分の置かれた状況を理解しよう。

ナナミはもう眠っただろうか。日記は書き終えたがまだ眠くならないので、僕はこれまでの自分の行動や感情を把握しておこうと、日記帳を持ってベッドに横になり、最初のページを開いた。


　時は止まることなく流れ、僕たちは常に未来に向かい歩かされ続けている。

　過ぎ去った過去はもうこの世界のどこにも存在しておらず、僕たちの頭の中に残された記憶も、決して完璧なものではない。時に歪められ、時に美化され、あるいはいつの間にか、消え去っている。

　今は「今」の連続でしかなく、刹那の後にはそれはもう「過去」に変わって、消え果てる。過去の存在を証明するものは、僕たちの曖昧で頼りない「記憶」でしかない。そして僕はその記憶を失っていく。

　けれど、僕には記録がある。消えていくはずの脳内の情報をアウトプットして、保管しておくことができる。

　朝、目覚めると、僕はすぐに日記を確認した。昨日時点では、九月十四日の日記に記載されていたことは自分の中の記憶のインデックスと合致し、頭の中に保管されている想い出を手繰り寄せることができた。けれど今は、何度読み返しても、そこに書かれていることが自分の過去であると認識できなかった。

とても不思議な感覚だ。「この日記を昨日読み、そしてその日のことを覚えていると確認した」という認識は確かに残っているのに、その認識が自分の中で矛盾するような感覚。僕が記憶を失い続けているというのは、本当のようだ。

そしてもう一点、分かったことがある。三か月前の記憶は失ってしまったが、「昨日の夜に読んだ三か月前の日記の内容」は覚えている。それは、日記を読んだことでそこに書かれている内容が「昨日の記憶」に含まれたからだろう。だから、日々この日記を読み返していれば、例えエピソード記憶は失ってしまっても、「あの日、こんなことがあった」という記録から得た記憶は持ち続けることができるはずだ。

昨夜は、朝方までかけてこれまでの日記を読み切った。ナナミと出会い、「恋人ごっこ」の契約をしてから、これまでの約九か月。ナナミは本当に僕を様々な所に連れ出し、その度に僕は疲れ、呆れ、うんざりしながらも……楽しんでいた。そのことが、忘れてしまった今の僕にも、日記の文章から汲み取れた。

空っぽだった僕は少しずつナナミに救われ、そして少しずつ、惹かれていった。いや、本当はもっと早い段階から恋をしていて、それでも「やがて死んでしまうのだから」とその心を押し込めて、気付いていないフリをしていたのかもしれない。

僕は再びベッドに仰向けになった。レースカーテンからは、冬の冷たい空気に濾過された白い光が、空に天使でも遊びに来ているのだろうかと思うほどの清浄さで、部屋に射し込んでいる。

その光が照らす学習机の上には、貝や石やガラス片が入った透明な瓶が載っている。日記を読んだ僕にはもう、これが何なのか分かる。ナナミと海に行った時に作った、「想い出ボトル」だ。

海の日の記録には、こう書かれていた。


今後これを見る度に、今日の陽射しの熱さや海の匂い、波の音と青さ、空の高さ、ナナミの笑顔や、水着から出た肌の白さなんかを、僕は思い出すのだろう。


けれど残念なことに、今の僕はこの想い出ボトルを見ても、海の匂いや、陽射しの熱さや、それに照らされる水着姿のナナミの笑顔は思い出せなかった。

もし、ナナミが、僕が記憶を失っていく症状を患っていると教えてくれていれば、もっと丁寧に記録を残したのに。いや、それを伝えなかったのは、彼女の優しさなのかもしれない。あるいは僕の父のように、躊躇いや恐れがあったのかもしれない。だから悩んだ末、この日記を僕に委ねたのだろうか。「君を忘れない」、という名を持つ日記帳を。

　これからはもっと、ナナミとの想い出を大切にしていこう。そう考えていると、スマホが振動した。

七海：樹、起きてる？
樹　：起きてるよ。昨日は夜遅くにごめん。眠くない？
七海：ちょっと眠い笑
七海：今日、学校終わったら、樹の家に行っていい？
樹　：いいよ
七海：じゃあ、DVD持ってくね。昨日の仕切り直し
七海：(ガッツポーズをするパンダのスタンプ)
樹　：正体を明かしても、そのスタンプは使うんだね
七海：だってかわいいんだもん
七海：ていうか正体って笑

　ナナミのことを思うと、心の内側が温かくなるのを感じる。

　あと、約、三か月。

　僕は一度目を閉じてゆっくりと深呼吸をした後、映画を観ながらナナミとつまむお菓子と飲み物を調達するために、ベッドから立ち上がった。

12月17日（木） 晴れ

今日はナナミが放課後に家に来た。

家のリビングで、昨日結局やれなかったDVD鑑賞会を行った。この映画を観るのは二度目だが、吹き替え版なので、字幕を追うよりも役者の表情や、映像の細かな演出に自然に意識を向けることができた。前回よりは前向きなコメントが言えたことで、ナナミも喜んでいた。彼女が嬉しいと、僕も嬉しい。

きっと、数か月前の僕が今の僕を見たら、その変貌ぶりに驚くだろう。今の僕は、かつてのような虚無もなく、そして恋をした少女が近いうちに死んでしまうという悲しい枷もない。自分の内側が、とても満ち足りているのを感じる。僕をそう変えてくれたのは、ナナミなんだ。

いつかこの日も忘れてしまう僕よ。何度でも読み返すんだ。そして心に刻め。

僕はナナミが好きだ。僕を変えてくれたナナミに強く感謝している。この感情は絶対に手放すな。

映画の感想会が落ち着いた後、これまでの色んなことに対して、ナナミに「ありがとう」と告げたら、彼女は照れて両手で顔を隠してしまった。少し泣いているようでもあった。

僕は、自分が死にゆくことには、それほど恐怖を感じない。けれど、この大切な人と一緒にこの先の人生を歩いていけないのは、それだけが、寂しい。

ナナミの学校が冬期休暇に入ってからも、やはり僕たちは毎日会っていた。

僕の前で明るく活発な少女を演じる必要がなくなったナナミは、本来の大人しく穏やかな性格で僕と接した。

けれど時折「明るいナナミ」の日があり、そういう時は僕たちは遠出をしてアクティブに遊んだ。もしかしたら以前僕が「どっちも好きだよ」と言ったことを真面目に受け取って、演技の方もやってくれているのかもしれない。とても器用だなと感心する。

クリスマスは綺麗なイルミネーションを見に行き、チキンとケーキを食べた。

年越しは僕の家のリビングで、父を含めた三人でテレビを見ながらカウントダウンをした。時折父がナナミを見て悲しげな表情をしていたが、大人には色々あるのだろうと、僕は気にするのをやめた。初詣をして、「明るいナナミ」と凧揚げや羽子板なんかの正月らしい遊びもした。

陽だまりのように鮮やかに笑うナナミも、月明かりのように恥ずかしそうに笑うナナミも、全部が好きだった。

ナナミと会う日を重ねる度に、僕は深く彼女に恋をして、そしてその苦しいほどの想いを、記憶を、丁寧に日記に記していった。一日の終わりには、これまでの日記を読み返すことを忘れずに行った。

かつての僕の足を止めていた枷はもうなく、僕はナナミと過ごす日々を純粋に楽しみ、そして彼女に向かう心も、抑え込む必要はなかった。

けれど、やはり、考えずにはいられない。これまでとは立場が逆転したのだ。大切な人のタイムリミットという、以前僕を押し込めていた暗いものが、今はナナミの肩や、背中や、心に、重くのしかかってはいないだろうか。

僕が死んだ後、彼女は、どうするのだろうか。

僕の「想い出」は、彼女の未来の呪いになってしまわないだろうか。

僕はそれを、ナナミにずっと、訊けずにいた。

＊

僕の頭は、「想い出」と呼ばれるエピソード記憶は失っていくのに、「知識」に相当する意味記憶は同様には消えていかない。なので日々、日本語を使って日記を書けるのだし、それを読んで内容を理解することもできる。

だから、今日二月十四日がバレンタインデーというもので、ローマの司祭ワレンティヌスを讃（たた）える日であり、日本では過去の商業戦略的な背景から女性が男性にチョコレートを贈る日として定着している……という認識もある。けれど僕は過去にこの日を過ごした記憶がない。

僕の記憶は既に過去三十四日間まで減少しており、自力で思い出せるのもひと月ほど前までとなっている。日記で記憶を補ってはいるが、それだって去年の三月から書き始めたものだ。

僕とナナミは、仲の良い幼馴染であったらしい。僕は過去に、ナナミからチョコレートを受け取っていたのだろうか。今日、彼女は僕にチョコレートをくれるのだろうか。そもそも僕は、甘い物は苦手ではないだろうか。いや、確かクリスマスの日記にケーキを食べたと書いてあったから、きっと大丈夫なのだろう。

どことなく落ち着かない気持ちのまま、待ち合わせの駅の改札前で、忙しなく行き交う人々をぼんやりと眺めながらナナミを待っていた。やがて約束の時間ちょうどにやってきたナナミは言う。

「ごめん樹、待った？」

声の調子から、今日は「本来のナナミ」の方だと分かった。

「十分くらいかな」

「……こういう時は、今来たところだよ、って言うんだよ」

「今来たところだよ」

彼女は何故か少し寂しそうに笑った。

「じゃあ、行こう」

僕たちは自然に手を繋いで、二月の晴れ空の下を歩いた。ナナミがくれたマフラーを巻いているが、今日は穏やかな気候で、陽射しも優しく温かい。大きな花壇の見える公園のベンチに並んで腰かけると、彼女はバッグから小さな紙袋を取り出して膝の上に置いた。

「樹、今日は何の日でしょうか？」

「……日曜日」

「ふふっ、樹そのボケ気に入ってるの？　今日はバレンタインデーだよ」

知ってはいたが、何だか気恥ずかしくて言えなかった。とは言わない。

ナナミは紙袋を開け、中の物を取り出した。ラッピングされた箱のようだ。

「頑張って作ってみたんだけど、口に合わなかったらごめんね」

箱を受け取り、丁寧に包装されている紙を外して蓋を開けると、中には球状のチョコレートが入っていた。トリュフチョコレートというものだろうか。

「チョコだ」

僕の言葉にナナミは笑った。

「そう、チョコだよ」

「ありがとう」

「樹は甘さ控えめが好きみたいだから、ビターなやつにしてみたんだ」

ひとつつまんで口元に運び、半分ほど齧（かじ）ってみた。舌の上で溶けて、ほろ苦い甘さが口の中に広がっていく。

「美味しい」

「よかったぁ」

僕を見守っていたナナミは心からほっとしたように表情を緩め、ベンチの背もたれに寄りかかった。

「何気に手作りは初めてだったから、ちょっと緊張したよ」

「ナナミは、これまでも、僕にチョコをくれていたの？」

「え、う、うん。覚えて、ないよね」

「ナナミは――」

ふと言いかけたことの恥ずかしさに気付いて、言いかけたまま固まってしまった。

「え、なに？」

隣に座るナナミは、右耳の上に青い花のヘアピンをつけている。日記によれば僕が買ってプレゼントした、安物のヘアピン。それを律儀に、毎日つけてくれている。

「ナナミは、僕を」

どうしてか、これを訊くことが躊躇われた。恥ずかしさもあるが、怖さもある。僕たちは以前、どんな関係だったのか。ただの仲の良い友達のような幼馴染なのか。それとも、想いを伝えあった、恋人だったのか。

でも、そこをはっきりさせないと、この先の話ができない。やがて過去になる僕が、未来の彼女の重荷にならないための話が。

だから、晩冬の透明な空気をゆっくりと吸い込んで、それを声に変えた。

「ナナミは、僕を……好きなの？」

問われた彼女は少しだけ驚くような顔をした後、コートの両袖で顔を隠してしまった。

僕の心に少し冷たい影が差す。失礼なことを言ってしまっただろうか。僕の思い上がりだったのだろうか。

ナナミの表情は見えないが、その耳が赤くなっているのは見えた。彼女は袖の奥で、くぐもった声を出す。

「こ……こんなに、ずっと一緒にいても、分かりませんか？」

「分からないんだ」

「ずっと恋人ごっこしてたのに？」

「それはごっこじゃないか」

「うう」

「僕は人の心の機微みたいなものが分からない。だから、教えてほしい」

彼女は顔を隠したまま、うつむくように背中を丸めていく。そして小さな声で言った。

「好き、です」

言葉は魔法に似ている。それは空気の振動に過ぎないのに。単純な音の組み合わせに過ぎないのに。僕の耳から入ったその言葉は瞬時に体中を駆け巡り、心を震わせ、頭の中を満たし、心臓を強く叩き、僕の全部を温めていく。

「それは、僕が記憶をなくす前から？」

顔を隠してうつむいたままのナナミは、何も言わずにうなずく。

「僕たちは、恋人として付き合っていたの？」

今度は首を振った。

「事故の前、僕は、君を、好きだったのかな？」

「そんなの私に訊かないでよお」

「そっか、そりゃそうだよな」

ナナミはようやく腕を下ろし、僕を見た。真っ赤になった顔で、少し怒るような、潤んだ眼(め)で。

「今の樹はどうなの？」

「え」

「私を、好きなの？」

「……言ってないの？」

「ちゃんとは言ってもらってないよ！」

そんなの、考えるまでもなく——口を開きかけた僕は、躊躇った。

今ここで、彼女に向かい続ける僕の想いを伝えれば、ナナミは喜んでくれるだろう。でもそれは、彼女の呪いに、足枷（あしかせ）にならないだろうか。

僕はあとひと月ほどで、死ぬか、植物状態になるかが避けられない命だ。それは疑いようがない。だって僕の頭は、今も刻々と壊れ続けているのだから。

そんな未来のない男と想いを伝え合ったとして、一体何の意味があるのだろうか。

ナナミは僕が死んだ後も、きっと何十年も生きるのだろう。いや、命に確証はないけれど、そうであってほしい。その長い人生の中で、もういない僕の想い出を引き摺（ひず）ることは、彼女の幸せなのだろうか。

それとも、僕が死んだら、やがて僕のことは忘れて、他の男を好きになるのだろうか。そんな未来を思うと、心臓が潰れそうになる。

忘れてほしくない。想い続けていてほしい。けれど、幸せになってほしい。

この矛盾する苦しい願いは、どうすればいいのか。

いっそ、ここでナナミを突き放して、独りになった方が——

僕は日記を辞めれば、やがて彼女を忘れられる――

けれど、目の前で僕の沈黙に泣きそうになっているナナミを見たら、そんな逡巡は吹き飛んだ。

どんな未来になるか分からない。でも、「今」のナナミを、傷付けたくない。

「そんなの、好きに決まってる。僕の中はもう、とっくに君でいっぱいになってる」

ナナミの目から涙が溢れ、頬を伝う。

「でも」

それを見て、僕の目にも涙が溢れるのを止められなかった。

「でも、僕は、もうすぐ死ぬじゃないか。どうすればいいんだよ。ナナミが僕を好きなのは、めちゃくちゃ嬉しいよ。僕だって君を苦しいくらいに好きだ。でも、僕は君を残して死んでしまう。それは、君は、つらくないのか。僕はつらかった。もう覚えてないけど、日記にたくさん書いてある。僕を残してナナミが死ぬと思っていた時、僕はとてもとても、苦しかった」

ナナミは静かに泣きながら、僕の言葉にうなずいた。そして手を伸ばしてその優しい指先で、僕の涙を拭った。

「苦しめて、ごめんね。でも、私がいつか死んじゃうって知ってて、樹は私を好きになるのを止められた？」

「……止められなかった」

嬉しそうに、彼女は微笑む。

「それと同じだよ。樹がもうすぐ死んじゃうからって、私が樹を好きでいるのを止められない」

「でも、僕が死んだ後、君は――」

「そんなの、分かんないよ。未来のことなんて」と、ナナミは笑う。「すっごく引き摺るかもしれないし、案外ちょっとしたら忘れちゃうかもしれない。それは分かんないし、考えてもしょうがないことだよ。それよりも私は、今、樹といられる時間を、大切にしたいな。だから、」

彼女は両手を僕の顔に近付けた。

「ほら、笑ってよ」

そして親指で僕の口の端をぐいと押し上げる。

「あははっ」

すぐにナナミは笑い出した。

「自分でやっておいて笑うのはひどくない……？」

「ごめん。でも、面白くて。あはははっ」

何だかこんなことが、前にもあったような気がする。切なくて、悲しくて、触れたら消えてしまいそうなのに、とても優しくて、幸せで、温かい。そんな君との時間。僕もそれを、大切にしたいと思う。

「……ね、樹の日記に書いてあるかな」

「ん、何を？」

「前に観覧車に乗った時、頂上でキスしようかって、私言ったんだけど」

「ああ、書いてあった。僕が断ったんだよね」

「うん。で、その時、私こう言ったんだよ。お互いにもっと、ちゃんと好きになったら、その時にまた考えよう、って」

「そこまでは書いてなかった」

「今、その時じゃないかな」

「えっ」

ナナミはもう、目を閉ざしている。僕の心臓が強く速く脈打つ。

両手で彼女の肩をそっと摑むと、ナナミの体は小さく震えた。

僕の手で、君をずっと幸せにできるならいいのに。

ゆっくりと顔を近付けていく。愛おしさで心がどうにかなりそうだ。

唇が触れそうになる直前、近くで子供の声が聞こえた。

「あ、ママ！　あの人たちチューしようとしてるよ！」

驚いた僕たちは、慌てて体を離した。

男の子を連れている母親は「こら、そういうこと言うんじゃありません」と優しく怒ってから、気まずそうに笑って僕たちの方に「すみません」と頭を下げた。

手を引かれ歩き去っていく男の子は、こちらを向いて無邪気に手を振る。ナナミは顔を真っ赤にしながら、恥ずかしそうに小さく手を振り返していた。

その後は、何というか、再チャレンジするような空気にはならなかった。


そんなことがあった翌週の日曜日、二月二十一日。僕の持っている記憶は、過去二十七日まで減っている。もう一か月もない。

川沿いの道を二人で散歩していた時、ナナミがよくやる問題を出した。

「樹、今日は何の日か分かる？」

少し考えてみたが思い当たらない。僕の記憶では、日記を含めても、この日は初めてなのだ。

「……日曜日、って話じゃないんだよね」

「ふふ、そうだよ。でもちょっとずるい質問だったかなぁ」

「何なの？」

ナナミは少し走って僕の数歩前に行き、そこでくるりと振り向いて、

「私の誕生日」

と言った。

「え……ごめん。知らなかったから、何の用意もしてない」

ナナミは僕の誕生日に、このマフラーを編んでくれたのに。

「しょうがないよ、全部忘れちゃってるんだもん」

「事前に言っておいてくれたら、プレゼント用意したのに」

「自分から誕生日教えるのって、なんか『祝ってください』って言ってるみたいで、言いにくくないかな」

「……確かに。ごめん、僕が気付いて訊いておくべきだった」

「樹、謝ってばかりで、肝心なこと言い忘れてない？」

「あ……」

優しい風が吹き、僕たちをそっと撫でていく。

ナナミの髪に、いつもの青い花が咲いている。

ここは明るくて、心地よくて、幸福だ。

僕の人生はもうすぐ終わるけれど、いつの間にか光あるものになっている。

君がここまで連れてきてくれた。

「ナナミ」

僕が名を呼ぶと、彼女は「はい」と言って微笑んだ。

「誕生日、おめでとう」

「うん、ありがとう」

目を細めて嬉しそうに、ナナミは笑う。

「そして、いつも、ありがとう」

「うん、どういたしまして」

どうすれば、この人に感謝を伝えられるだろう。どんな贈り物をあげれば、喜んでくれるのだろう。やがて過去になる僕が、この人の未来の重荷にならず、足枷にならず、今のナナミを最大限に幸福にできるものは、何なのだろうか。

気の利いたプレゼントが思い付きそうにない僕は、格好悪いと自覚しつつも、本人に訊いてみることにした。

「それで、何か欲しい物とか、あるかな。今日中は間に合わないかもしれないけど、僕が用意できるものなら、なんでも」

「うーん」

ナナミは少し考えた後、言った。

「想い出、かな」

「え」

「私ね、行ってみたい場所があるんだ。茨城県にある、ひたち海浜公園っていう所なんだけど」

僕は頭の中に日本地図を思い描いた。茨城県は、僕たちの住む千葉県の北に隣接する県だ。その気になれば行けない距離ではないと分かり、安心した。オーストラリアだとかアイスランドだとか言われたら困っていたところだ。

「そこに、樹と二人で、旅行に行きたいな」

「何か特別な公園なの？」

「有名な場所だよ。ネモフィラが一面に咲いてる時期の写真が本当に綺麗なんだ」

「ネモフィラ？」

文脈から花の名前なのだろうと予想はできたが、知らない花だった。ナナミはバックからスマホを取り出し、いくつか操作してから、画面を僕に見せる。そこには、空と同じ色の淡い青の花が無数に、地平線まで一面に広がる光景が映っていた。

「おお、すごいな」

「でしょ。私、いつかここに行ってみたいって思ってて」

隣で一緒に画面を覗き込むナナミを見ると、彼女の耳元の、写真と同じ色の青い花が目に入った。

「あ、もしかして、そのヘアピンって」

気付いた僕に、ナナミは笑顔で応える。

「そう、ネモフィラをイメージしてるよ。私の一番好きな花なんだ」

彼女のメッセンジャーアプリのアイコンも、このネモフィラの群生の写真だったのだと、僕は今知った。

「私の誕生日、二月二十一日なんだけど、その日の誕生花がネモフィラなんだって。その時はネモフィラって知らなかったから調べてみたら、この公園の写真が出てね。一目見て、ああ、行きたいーって思ったんだ」

「へえ、そうなんだ。じゃあ今頃の季節に咲いてる花なの？」

「あー……」

　ナナミは少し困ったように眉を下げて微笑んだ。

「見ごろは、四月中旬から五月上旬、みたい」

「……そう」

　四月。それは、もう僕が到達し得ない月の名前だった。僕の記憶の減少から推測される最期の日は、三月十九日、だ。

　僕はもう、ナナミの願いを、叶えられない。

「あっ、でもね、三月中旬くらいには少しは咲き始めてるみたいなんだよ。今年は温かいし、開花も早いかもしれない」

　うつむいた僕を見て、ナナミは慌てたように補足した。ナナミに気を使わせてどうする。僕は最後まで、ナナミといられる今を大切にすると決めたんだ。心の中で自分の頬を叩いて、そして微笑みを作った。

「そうか、よかった。じゃあ三月の中頃に、二人でそこに行ってみようか」

「……いいの？」と、不安そうな目で僕を見上げる。

「ん、何が？」

「私が言っておいてなんだけど……。樹の最後の時間を、私のわがままに付き合わせて、いいのかなって——

空っぽだった僕にとって、ナナミが世界の全部なんだ。僕の残された時間で彼女の願いを叶えられるのなら、何だってしてしたい。むしろ、最後の瞬間をナナミと共にいられるなら、それは最高のエンディングだと思えた。

「全然問題ないよ。ぜひ行こう」

「うん。ありがと」と、ナナミは微笑む。「あ、じゃあさ、せっかく旅行に行くなら、この公園以外にも行ってみたい所があるんだ。だから、何泊かできるといいな」

僕たちは話し合って、本屋に移動して茨城の観光雑誌を買った。僕の部屋で雑誌を広げ、二人で旅行の計画を立てた。

僕の最期の日は、三月十九日。その最終日をひたち海浜公園に行く日にして、二泊三日で茨城を観光することに決めた。平日だが、ナナミは学校を休むらしい。

その後、日が暮れ始めた頃にナナミは帰った。家の前まで送ってきた僕に手を振って彼女は玄関に向かったが、すぐに足を止め、振り返った。

「ねえ、今日、お父さんが言ってたこと」

「ん、どの話？」

「二人は付き合ってるのか、って」

旅行計画を立てている時、ナナミは僕の父親のことを気にした。子供が死ぬかもしれない時に、旅行なんて許されるのだろうかと。相談の結果父は承諾し、僕の記憶が全てなくなって倒れた時のために近くの宿に控えていてくれることまで決まった。その時に父が言ったのだ、二人は付き合ってるのか、と。

「ああ、言ってたね。あやふやなまま話が終わったけど」

「私たちって、付き合ってるのかな？」

「……どうなの？」

自分にもよく分からなくてそう言ったが、ナナミは少し不満げな顔をした。

「やっぱり、どれだけ一緒にいても、毎日会ってても、ちゃんと言わないと、正式にそういう関係にならないのかな」

「そういうものかな」

僕に一般的な若者の文化や風習など分かるはずもない。何せ学校にも行かず、話すのは専らナナミと、たまの父親くらいで、その上記憶が直近二十七日間しかなく、自分の日記で日々それを補っているくらいだ。

ナナミは少しうつむいた後、何かを決心したように表情を引き締め、僕の前まで歩み寄った。そして緊張を鎮めるように胸に手を当て、真っ直ぐに僕を見た。

「じゃあ今、ちゃんと、言うね。……樹、私と——」

僕は一般的な若者の文化や風習など分からない。けれどこういう時、どうすればナナミが喜ぶかを考えることはできる。

だから僕はナナミの言葉を遮って彼女の手を取り、照れも臆面も投げ捨てて、恐らく彼女がずっと待ってくれていたであろう言葉を紡いだ。

「ナナミ、僕は君が好きだ。誰よりも何よりも大切に想ってる。僕の時間はもう、残り少ない。でもその残りの時間の全部をかけて、君を幸せにしたいと考えてる。だから、僕の、恋人になってください」

驚いていたナナミは、少し泣きそうになった後、笑顔を作り、「はい」と、言ってくれた。

こうして僕たちは、長かった期間限定の「恋人ごっこ」の契約を終え、正式に「恋人」となった。

残り約二十七日間の、きっと世界一儚い、恋人。

その日の夜、日記を書き終えた後、買っておいてしばらく手を付けていなかった月待燈の『水無月のラプソディア』をようやく読み終えた。とてもよかった。この人の綴る言葉や、物語に流れる空気が、僕の好みや精神構造に深く共振するのだろう。

文中で印象深かったフレーズがあった。こんな内容だ。

「人は、死ぬ際、視覚・聴覚・嗅覚・味覚・触覚という五感を全て同時に失うわけではない。何も見えなくなり、匂いも痛みも失い、それでも、他者の『声』は聞こえているようだ。そして寂しいことに、人は近しい人が死んだ後最初に忘れるのは、その人の『声』なのだという。

人の死に最後まで寄り添い、そして最初に忘れられる。『声』というものは、命や魂といったものに、一番近い場所にあるのかもしれない。」

僕はそう遠くない未来の、自分が死ぬ時のことを思い浮かべてみた。その時に聞こえるのがナナミの声であるなら、幸せだと思えるはずだ。

＊

関東では結局ひとひらの雪も降らないままに冬が柔らかく溶けていき、三月に入りナナミのマフラーを巻かなくてもいい季節になると、僕の記憶は二十日にも満たなくなる。ナナミと生きる幸福な時間は早く過ぎ、やがて僕の余命日数は両手の指で数えられるくらいになり、そしてそれはすぐに一桁になる。

この数字がなくなった時、自分の命が終わるのだという事実が、正直未だに実感を伴って感じられない。僕に真実を隠す必要がなくなったからか、父親に連れられて一度病院で検査はしたが、症状の進行は変わらずで、諦めの混じった経過観察が担当医から指示されただけだった。身体に痛みや不調があるわけでもなく、幾種類もの投薬や物々しい手術をするでもなく、頻繁に病院に通うでもない。普通の人と何も変わらない日常を生きながら、ただ刻々と「想い出」だけが、波打ち際の砂の城のように、時の波に削られて消え去っていく。

ナナミと約束した旅行の出発を明日に控えた今――要するに、僕の頭が約四日間の記憶しか持てなくなった今、記入済みの日記のページ数は膨大になり、これまでナナミと生きてきた記録を振り返るのも、なかなか大変になっていた。

この日記を読み返していれば「この一年間、僕たちがどんなことをして生きてきたか」というのは、比較的容易に想起することができる。でもそれは、文字で書かれたものを読んで得た知識であって、生の記憶ではない。春にナナミと買い物をして日記を渡されたことも、水族館に行ったことも、夏に海に行ったことも、秋にマフラーをもらったことも、つい先月手作りのチョコレートをもらったことも、彼女の誕生日に正式に恋人になったことも、僕は「知ってはいる」が、「覚えてはいない」んだ。

その時のナナミの声も、話したことも、表情も、空の色も、風の匂いも、何も思い出せない。それは、寂しいことだった。

なるほど、死とはこういうことなのか、と僕は考える。このまま頭の中の喪失が進行すれば、やがて僕が僕である意識や記憶は全て失われ、中身が何もない、空っぽの肉体だけが残されるのだろう。そうなっても、心臓は相変わらず鼓動を続け、最低限の生命活動は続くのかもしれない。でも、心の無い器となった体だけで、僕は生きていると言えるのだろうか。

ナナミ手作りの「旅のしおり」をベッドに転がって眺めながらそんなことを考えていると、スマホが振動した。

七海：ドキドキする

樹：遠足の前日に眠れない小学生みたいじゃないか

七海：それに近い

樹：でも、まあ、僕も楽しみだ

七海：ひたち海浜公園のサイトを見てみたんだけど、ネモフィラもちらほら咲き始めてるみたいだよ

樹：そうか、よかったね

七海：（喜ぶパンダのスタンプ）
七海：明日、ちゃんと起きてね？
樹　：大丈夫
七海：私が起きられなかったらどうしよう
樹　：電話するよ
七海：うん、ありがとう

　こんな日常の何気ないやり取りも、もうすぐできなくなる。そう考えると、胸が苦しく痛んだ。

七海：じゃあ、そろそろ寝るね
七海：おやすみ、また明日

　これまでに何度送ったか分からない、生きていれば当たり前のこの四文字の挨拶を、僕は心を込めてゆっくり打ち込み、送信ボタンをタップした。

樹　：おやすみ

　文字にしてみればなんてことない。素っ気なくすらある言葉。でも様々な願いが、ここに込められている。
　君が今夜穏やかに眠れますように。優しい夢を見れますように。道中問題が起こらずに楽しい旅行になりますように。君がこの先もずっと健康で生きられますように。

僕が死んだ後、君が僕の想い出に縛られずに、正しく幸せになりますように。

でも時折は僕のことを、髪を撫でて過ぎ去っていった遠い春風みたいに、振り返って思い出してくれますように。


朝、僕たちは家からの最寄り駅で待ち合わせ、電車に乗った。天候は、快晴。

七時半という早い時間だが、スーツ姿のサラリーマンが既に何人も電車に乗っていて、今日も社会を回してくれている大人たちに、二人でそっと敬意を送った。

松戸で一度電車を乗り換え、さらに柏(かしわ)で特急ひたちに乗る。乗り換えの経路や時間なんかも、ナナミお手製の旅のしおりに書かれている。彼女によれば、「修学旅行みたいな気分を出したかった」そうだ。確かに僕は、それを経験した記憶も記録もない。

でもこれが、二人きりの修学旅行だと考えると、気分が上がった。引率の教師も他のクラスメイトもいない、僕にとっては帰りの切符もない、誰にも秘密の恋人と行く、終末みたいな修学旅行。

ナナミは特急のシートに座り、時折窓の外の景色を眺めながら、もう何度も読んだであろう旅行雑誌を真剣に見ていた。

旅のしおりを眺めながら、僕はふと気になったことを訊いた。

「ところで、君のご家族にはなんて言って来たの？　年頃の娘が男と二人で旅行に行くとか、なかなか許可されないことじゃないかな」

彼女は少し寂しそうに笑って、答えた。

「私の親、放任主義っていうか、あんまり子供のやることに口出ししないところあるから」

「そうなんだ。うちと一緒だな」

「ふふ、そうかも」

小さく笑った後、「ところでさ」と彼女は話題を変えた。

「大洗のリフレクションビーチ、撮影グッズのレンタルが土日だけみたいなんだ。残念だけど、仕方ないね。風がない方が綺麗に撮れるみたいだから、ちょうど風が止んでくれるといいなあ」

「そうだね」

君の願いが、全部叶えばいい。僕はもうすぐ死ぬのだから、それくらいの優しさが世界にあってくれてもいいだろう。

特急に一時間ほど揺られて、勝田駅でさらに乗り換え。ひたちなか海浜鉄道湊線はいかにもローカル路線といった趣で、ホームに到着した一両だけの車両を見て、ナナミは「かわいい！」とはしゃいでいた。

　のんびりと走っていく電車の車窓から、流れていく外の景色を二人で眺める。一面の田んぼの中を突っ切る単線や、線路の両脇に咲く菜の花なんかを見ると、「旅行に来たんだな」という感慨がある。

　三十分ほどで、電車は終点の阿字ヶ浦駅に到着した。駅周辺はまばらな民家や畑などが主な景色で、有名な観光地という雰囲気はないが、それが逆に新鮮な非日常感をもたらすように思えた。

　手を繋いで、予約してあるホテルに向かって歩く。途中で小さな神社があったので、ナナミの提案で寄り道をして賽銭を入れ、旅の無事を願ったりした。僕の病気の都合で無事に終わることはないのだが、そんな無粋なことは心の中に留めておいた。

　木々に囲まれた細い道も、風の中に感じる匂いも、僕の知る町とは全く違って、自分の知る世界の狭さを思い知った。少し歩くと遠くに海の青が見えて、心が躍った。

「あっ、樹、海だよ」とナナミも指をさして嬉しそうに言う。

「うん、海だね」

「去年の夏、二人で海に行ったね」

「行ったね」

でも三日間の記憶しか持たない僕は、その日の光景を思い出せない。海というものを知識的に知ってはいても、自分がかつて海に行ったことを日記で知ってはいても、自分の目で青く輝く海面を見るのは、今の僕にとっては初めてなのだ。

やがて目的のホテルが見えた。海辺に位置する三階建ての薄桃色の建物で、今が観光シーズンでもないおかげで、最上階のオーシャンビューの部屋を予約できている。安くはないが、もう口座残高を気にする必要はない。何せ僕はもう、あと三日の命なのだから。

チェックインにはまだ早い時間なので、フロントで予約名を告げて荷物を預かってもらい、タクシーも呼んでもらった。旅行初日の目的は、大洗という町にあるリフレクションビーチだ。遠浅のビーチで凪いだ海水が鏡のように光を反射し、空に挟まれているような写真が撮れるらしく、旅行雑誌に載っていた綺麗な写真を見てナナミが興味を持ったようだった。

タクシーに二十分ほど乗ると、ビーチに着く。三月の平日に海で遊ぶ人も少ないようで、見渡しても数人程度しか人がいないのはありがたい。

浅瀬に潮だまりができ、それが鏡のように空を映すのは、満潮から干潮に変わり潮が引いていく時間帯らしい。今頃はお昼前辺りがその狙い目らしく、それまでビーチサンダルに履き替えて、浜辺を歩いた。

「さっきのタクシーの運転手さん、面白かったね」とナナミは思い出して笑いながら言う。

「『新婚旅行ですか？』って言ってたもんな。どう見ても高校生くらいなのに。まあ、さすがに冗談だとは思うけど」

「でも、平日にホテルからタクシー乗る高校生カップルってのも、随分変だよね」

「確かにね」

「本当に新婚旅行にしちゃう？」

「……え、本気で言ってる？」

「本気だよう。男の人は十八歳から結婚できるんだよ」

「それは知ってるんだけど」

「樹は、結婚、したくない？」

「いや、そんなことは、ないよ」

悲しげな瞳で訊かれ、咄嗟に否定した。けれど、たとえ僕の余命があと一年先だとしても、僕たちは結婚はしない方がいいということは確信できた。

結婚は、「恋人」とは大きく違うだろう。儀式であって、契約であって、戸籍上の記録にも残る。結婚した後に僕が死ねば、ナナミは寡婦になる。事情がどうあれ、それはその後のナナミの人生に多かれ少なかれ影響を与えてしまうだろう。

眼前の海は果てしなく大きく、春の太陽の光を眩しいくらいに美しく乱反射しているのに、僕はどうやってもナナミを幸せにすることはできないという事実が、少し僕の心を暗くさせた。

やがて浅瀬の潮が緩やかに引いていき、幸いなことに風もほとんどなく、雑誌やインターネット上の写真でも見た、足元を一面の空が覆っているかのような光景が現れた。「わあ、すごい、すごい！」とナナミははしゃいで何度も言い、僕も同様に興奮を抑えられなかった。

手を繋いで水面をゆっくり歩くと、広大な空の中を進んでいるような気分になる。スマホのカメラでナナミを撮ると、彼女の白のロングワンピースが海風にはためき、天使のように思え、訳もなく涙が出そうになった。

浜辺が鏡面になる時間は約二時間。アングルや位置を何度も変えながら、僕たちは何枚も写真を撮った。ナナミ一人だったり、僕だけだったり、脚立でスマホを立ててタイマー設定にして、二人で撮ったりもした。手を繋いでジャンプしてみたり、変なポーズをしてみたり。失敗する度に大笑いして、成功してハイタッチで喜んだりした。潮が完全に引くまで、最後に与えられた奇跡みたいなその光景を、僕たちは存分に楽しんだ。

ひとしきり海辺を堪能（たんのう）した後、近くで見つけた個人経営の喫茶店でオムライスを食べながら、撮影した写真を見せ合った。

「これまでも、もっと写真とか動画をいっぱい撮ればよかったな。そうすれば日記の文字だけじゃなくて、視覚的な記録も残せたのに」

僕のスマホのカメラロールには、撮った覚えのない過去の写真がいくつも入っている。広い公園の新緑だったり、いかにも夏といった雰囲気の海辺だったり、クリスマスシーズンのイルミネーションなんかもあった。でも、ナナミが写っている写真はかなり少ない。日記や、残された写真から、僕たちが色んな場所に行ったのだろうことは想像できる。でも、その時々のナナミの表情や服装を、写真でもいいからもっと見たかった。

「以前の僕に、写真を撮らないで、みたいなことを言ってたの？」

「うーん、だって私、写真撮られるの苦手で」

ナナミは皿に残ったパセリをスプーンの先でつつきながらそう言った。

「今日はいっぱい撮ってたじゃないか」

「だって今日は、旅行だし、リフレクションビーチだし、特別だから」

「なんで苦手なの？」

「自分に自信がないもん……」

「え、そんなにかわいいのに」

自然に口から出た言葉だったが、ナナミはスプーンをそっと置いて、両手で顔を覆った。耳が赤くなっていくのが見えるから、照れているのだろう。そういうところも、やはりかわいいと思う。あと二日でさよならをする、僕のかわいい恋人。


食後、公園でしばらく海を眺めながら話をして、それに飽きるとタクシーを呼んでホテルに戻った。チェックインの手続きをして部屋に入ると、ナナミはそそくさと窓辺に駆け寄り、カーテンを一気に開けた。暮れかけの紫がかった空と海が窓の全てを満たしていて、僕たちは揃って「おおー」と歓声を上げた。

「さっきまであんなにずっと海を見てたのに、ホテルの部屋から見るとまた感動するのはなんでだろうね」

「ホントだよね」と僕は同意する。

まだ外が明るいうちにお風呂に入ることに決め、着替えを持って部屋を出た。大浴場の大きな窓からも海が見え、他に利用者もいない広い湯船に浸かりながら、暮れていく空と海を眺めた。

浴衣を着て、浴場の入り口の前でナナミの帰りを待っていると、約束の時間から五分ほど遅れて彼女がやってきた。

「ごめん、待たせちゃったかな」

「いや、今来たところだよ」

彼女の見慣れない浴衣姿と、急いでいたのかまだ乾ききっていない様子の髪と、風呂で上気した頬とを見て、自分の心臓の辺りが苦しく騒ぎ出したのを感じた。

「あ、あんまり見ないで」と荷物で顔を隠すナナミに謝って、二人でスリッパをぺたぺた鳴らして歩き、部屋に戻った。

夕食は部屋に運んでもらった。二人とも小食な方だから色々残してしまって申し訳なかったけれど、それでも美味しくて満腹でしばらく動けないくらいには食べてしまった。

食器が下げられると、畳に布団が敷かれた。担当のおばさんが僕たちを見て、にまにまと笑いながら「お布団、くっつけましょうか？」と訊いてきたのは恥ずかしかったが、ナナミが迷うことなく「お願いします」と答えたのは意外だった。

その後、「日記タイム」が設けられた。僕が書いている間ナナミは部屋を出ているというので、何をするのか訊いたら、「女の子には色々あるんだよ」と曖昧に返された。

知らない町の、ホテルの一室。その窓辺の小さな机で、静かな波音を聞きながら一人で日記を書く時間は、不思議なほど心地よかった。自分があと二日ほどの命という諦観も大きいかもしれない。

一時間ほどでナナミは帰ってきた。部屋を出る時に持っていた手提げとは別に、買い物袋を持っている。中はジュースやお菓子だった。一階の売店で買ったのだという。

「さっきお腹いっぱい夕飯食べたのに……太るよ？」

「うう、だって修学旅行っぽくしたかったから」

「修学旅行ってそういうものなの？」

「きっとそうだよ」

「そうかなあ」

記憶能力に文字通り致命的な欠陥がある僕には、修学旅行がどういうものか分からない。だから、ナナミがそうだと言うのなら、そういうものなのかもしれない。

「まあ、今日は特別だもんな。付き合うよ」

「やった」

楽しそうに笑うナナミと、ペットボトルのレモンティで乾杯をして、お菓子をつまみながらしばらく雑談をした。

明日のためにそろそろ眠ろうと決めたのは、夜の十一時半。二人で洗面所で歯を磨いてから、ぴったりとくっつけて敷かれた布団を眺める。

「なんか、改めてすごいことしてるなって気がしてきた……」

そうナナミがぽつりと言った。

「……修学旅行なら、一緒に寝るのは普通なんじゃない？」

「修学旅行は普通男女別の部屋だよ！」

「そういうもの？」

「そういうもの！」

「じゃあ、離して敷き直す？」

「それじゃ意味ないもん。これでいいんだよ」

ナナミは枕元から見て左側の布団に顔まで隠すように入った。僕は空いている方の布団に入る。

「あ、あの、明日の朝とか、寝起きの顔、見ないでね」

「善処するよ」

「それやらない人の言い方だ」

「分かった。見ないと誓おう」

小さく笑った後、彼女が布団から顔を出したのが、暗がりの中で見えた。

「今日、楽しかったね」

「うん」

「明日も楽しみだなぁ」

「ナナミの好きな水族館だもんね」

彼女が水族館を好きであるらしいことを、僕は日記で知っていた。

「うん。サメの種類とか、マンボウ専用水槽の大きさが日本一なんだって」

「へえ、すごいな」

会話が止まると、波の音が聞こえる。少しの沈黙の後、「ねえ」とナナミは言った。

「樹は、怖くない？」そう囁くような声で。

「え、何が？」

「自分が、その、死んじゃうかもしれない、こと」

常夜灯だけが仄かに光る薄暗い部屋で、僕は考える。自分が恐らく明後日には死ぬことについて。

恐れはなかった。悔しさもない。焦りも、怒りもない。ナナミの存在のおかげか、不思議なほど穏やかな、満ち足りた気持ちでいられている。

きっと、彼女と再会する前まで、魂を置き忘れてきた抜け殻のように生きていたのだろう。覚えていないけれど、一年前の日記の文章や、自分の中の幽かな感覚として、その空虚の残滓を感じる。そこに、ナナミの笑顔や声が浸透していることの温かさも。

「怖くはないよ」

そう静かに答えた。

「……そっか」とナナミも静かに言う。

本当は、自分が死んだ後のナナミの悲しみや寂しさを心配していた。でもそれについては口にしなかった。どうなるか分からない未来よりも今を大切にしたいと、日記の中のナナミが言ってくれていたから。

「ねむくなってきた」と、ナナミが甘い声で言う。

「今日、いっぱい遊んだもんな。眠っていいよ」

「うん、おやすみ、樹」

スマホでやり取りしていたチャットのログに、何度もこの言葉が登場する。でも、多分、声にして伝えるのは、初めてだ。

「おやすみ」

これを直に言える相手がいることの幸福を感じながら僕も眼を閉じて、自分の体の心地よい疲労感に身を委ねていった。

暗闇に包まれた場所で、表情を持たない僕が、僕を殺していく。

繰り返し見る夢の中で、僕はもうそいつが何なのか、見当がついていた。

お前は絶望という病。懺悔(ざんげ)の凝塊。諦念と逃避の化け物。

自分を殺すことで何かを贖(あがな)おうとしている、過去の僕。

自分が幸福になることを許さない哀れな男。

そいつは腕を伸ばし、僕の首を絞める。

僕はお前に逆らえない。けれど、もう分かってる。

お前も今すぐ僕の全てを殺せはしない。

まだ時間はあるんだ。それまで僕は、僕の幸せを、ナナミがくれる命の意味を、存分に楽しんでやる。ざまあみろ、過去の僕。

無意識に呼吸を止めていたのか苦しさで目覚めて、慌てて息を吸った。部屋はまだ暗く、朝が来ていないことを知る。左手が温かいことに気付き、見ると、ナナミが手を握ってくれていた。彼女は眠っているのか、波音の合間に静かな吐息が聞こえる。

「ありがとう」

そう囁いて、僕も眼を閉じた。

夢はもう見なかった。

朝食の後、フロントでまたタクシーを呼んでもらい、僕たちは今日のメインイベント、アクアワールドという大洗町の水族館に向かった。運転手さんが昨日と同じ陽気な人で、軽やかな冗談でナナミを笑わせていた。僕もそんな風に話せたら、もっとナナミを笑顔にできるのだろうか、とふと思ったが、そんなＩＦを考えても仕方ない。僕は僕だ。

駐車場で料金を支払いタクシーを降りると、ナナミが呪文のような音を口にした。

「ムーリクトフソ」

「え、なに、どうしたの」

「ほら、あれ」

彼女が指さす先を見ると、かき氷やビールなんかを売っている小さな売店の看板に、確かに「ムーリクトフソ」と書いてある。ソフトクリームであることはすぐに分かったが、手書きらしい書体で右上から左下に向かって斜めに書いてあるから、横書きと思って読むと「ムーリクトフソ」と見えてしまう。

その不思議な口触りの音が気に入ったのか、ナナミは嬉しそうに言った。

「後で食べようね、ムーリクトフソ」

三月の風はまだ肌寒いけれど、確かに今日の快晴は、ソフトクリームをなめながら空と海を眺めるのにちょうど良さそうだ。水族館を出た後に買うことを決めて、僕たちは歩き出した。

観光オフシーズンの平日のおかげで館内は人もほとんどおらず、二人手を繋いでゆっくりと水槽を見て回った。静かな青い月夜を思わせるここの空気は僕も気に入り、ナナミが水族館を好きだというのも分かる気がした。

視界に入りきらないほどの大きな水槽で、サメが悠然と泳ぎ、ウミガメがたおやかに羽ばたき、無数の魚が群れを成して踊っていた。マンボウはかわいいというよりも少し怖かった。クラゲのエリアでガラスの前に立つと、自分が果てのない銀河を漂っているような気分になった。非現実的な浮遊感の中で言い知れぬ孤独が足元から這い上がっても、僕の左手にはナナミの右手が繋がれているから、大丈夫。

通路の床にクラゲと花火の映像がカラフルに投射されていて、その上をナナミがステップを踏むように歩いて、笑う。その光景が夏の終わりの夜みたいに悲しくて綺麗だから、死ぬことは怖くないけれど、この時間がずっと続けばいいのに、と思った。僕は夏の記憶を持たないのに、そう感じるのは不思議だ。

ペンギンへの餌やりを眺めながら、ナナミが言った。

「ペンギンってね、種類にもよるみたいだけど、オスがプロポーズする時に綺麗な石を持ってきて、メスにプレゼントするんだって」

「へえ、そうなんだ」

「かわいいよね。で、相手が受け取ってくれたら、一生その相手と添い遂げるみたいだよ」

「ふうん、人間よりも純真だね」

「人間だって純真なカップルはいるよう」

「じゃあ僕も、綺麗な石を探しておくよ」

「えっ」

　あまり深く考えずに口にした言葉だったが、ナナミは驚いたようだった。僕も自分で言った言葉のもたらす意味を考え、迂闊（うかつ）だったと後悔する。明日死ぬ僕は、ナナミの未来を拘束してはいけないのに。

　幸いナナミは口ごもり、この話題はこれ以上追及されなかったので、訂正や取り消しをすることもなかった。お昼時になったので、僕たちは館内のカフェに向かう。

「どうして水族館の中にある食べ物屋さんって、魚介を出すことが多いんだろうね」

　カフェの席でメニューを眺めながらナナミが言った。

「そうなの？　確かにここはそういうの多いなと思ったけど」

　メニューには「鮫（さめ）カレー」「鮫ドッグ」であったり、「シャークナゲット」なんてものも並んでいる。本当に鮫の肉を使っているらしい。

「さっきまで見てきたお魚を食べることで、命を頂いているんだという認識を子供たちに与える食育……とかかな」とナナミは真剣に考えているようだった。

「どうだろう。さすがに食材にしている魚は、さっき見てきた水槽から獲（と）ってるわけじゃないと思うけどね」

僕は鮫カレーを注文し、ナナミは鮫カツやサラダなどがライスペーパーで包まれた「人魚のおやつ」というものを頼んでいた。僕の目の前でそれを美味しそうに頬張るナナミが、本当は何か大切なものを引き換えにして僕に会いに来てくれた人魚なのかもしれないと想像すると、なかなかに情緒的な食事時間になった。ちなみに鮫カレーは美味しかった。

食後はイルカのショーで歓声を上げ、ナナミの希望でもう一週館内をゆっくり見て回った。

「水族館に住めたらいいなぁって、たまに思うよ」

「いや、それはさすがに不便じゃないか……？」

「夜とかさ、お客さんが誰もいなくなった後に、一人でそっと通路を歩いてみたいな。夢の中にいるみたいな、とっても幻想的な気分になりそう」

「それは分かるかも」

「夜でも水槽のライトは点いてるのかな」

「どうだろうね」

「この先も――」

言いかけて口を噤んだナナミの横顔を、水槽の青い光が淡く照らす。少し寂しそうな表情になった彼女は、呼吸ひとつ分だけ躊躇った後、続けた。

「樹と、水族館に行けたらいいのにな」

その言葉は静かだったけれど、僕の心にヒビを入れるのに十分な威力を持っていた。

それは僕が、どうやっても叶えられない願いだ。

僕たちはこれまで、タイムリミットが訪れた後のことは、暗黙的に話さないようにしてきた。取り決めたわけではなかったが、きっとナナミも意識して話題から避けてくれていただろう。

未来が来ることのない僕には、それは眩しすぎる絶望だった。絶対に叶わない夢を見せられるようだった。

考えてはいけないのに、一度意識すると心はそこに向かってしまう。

僕だって、ナナミとまた水族館に行きたい。広い公園を手を繋いで散歩したいし、海で水着姿ではしゃぐ彼女を見たいし、ボウリングで負けて悔しがる彼女も見たい。

ダメだ。考えちゃダメなんだ。それは避けられない終わりを未練に変えるだけだ。でも次から次に溢れてくる。

浴衣を着て花火大会だって行きたいし、ショッピングモールで一緒に買い物もしたいし、僕の部屋でお菓子を食べてお酒を飲んだりもしてみたい。映画館にも行きたいし、図書館で隣に座って静かに本を読みたいし、観覧車に二人で乗りたい。また、誕生日を祝ってほしい。

日記で読むそれらの日々はどれもキラキラと輝いていて、全て忘れてしまった僕には、果てなく遠い憧憬のように焦がれるのだ。全て僕であるはずなのに、どれも今の僕ではない。他人の記録に憧れて悶(もだ)えるような、惨めな気分。

死にたくない、と思ってしまう。

その願いを持つことが、今の僕にはどれだけ苦しいか、分かっているはずなのに。

「あ、ごめんね……？」と、ナナミが不安そうな目で僕を見上げた。「こういうこと言っちゃ、ダメだったのに」

胸の中に発生した悲しみは押し込めて微笑みを作り、僕は言ってあげる。

「大丈夫だよ」

右手を上げてナナミの頭にそっと乗せると、彼女はその感触を確かめるように目を閉じた。掌(てのひら)に感じる髪の感触や命の温もりが、僕の心を温めて、そして壊していく。

ナナミと、生きたい。

その叶わない願いが涙に変わってしまう前に、僕は手を離し、明るさを装って言う。

「じゃあ、そろそろ買いに行こうか、ムーリクトフソ」

ナナミは噴き出し、「よく覚えてたね、その言葉」と笑って言った。
君が笑ってくれるなら、何より。

水族館を出て、ソフトクリームを二つ買った。僕は抹茶で、ナナミは紫イモ。二人で舐めながら水族館の外縁をのんびり歩き、コーンも食べ終わった後は、砂浜の波打ち際で靴が濡れないように波から逃げる遊びをした。

ナナミが波に夢中になっているのを眺めている時、自分の足元で白く輝く石を見つけ、それを拾い上げた。五百円玉ほどの大きさだが、波に削られて滑らかに丸くなっていて、綺麗だな、と純粋に僕は思った。

ナナミが言っていた、ペンギンがプロポーズする時に綺麗な石をプレゼントするという話を思い出したが、未来のない僕には、ナナミの未来を束縛する権利はない。彼女に気付かれて余計なことを言われないように、僕はその石を、そっとコートのポケットにしまった。

夕方頃にホテルに戻り、風呂を済ませて夕食をたらふく食べた後、今日も日記の時間が作られ、その間ナナミは部屋を出ていった。他者のいる空間で日記を書くのは落ち着かないから、一人の時間をくれるのはありがたい。

僕は明日、死ぬらしい。ここまで来ると、自分の記憶能力の欠陥が如実に感じられた。昨日の日記に書いてあることも半分ほど思い出せないのだ。現時点で残りの記憶が一日を切っているとなると、それがゼロになるのは、明日の夜よりも早い時間、昼頃になるのだろうか。

今日の記録を終えた後、何度も捲ったのであろうこの日記のページをぱらぱらと捲り、そこに書かれている文字を目で追っていった。想い出は消えても、残された記録は頭に入っている。けれどそれは簡素な文字情報でしかなく、今の僕には、映像も音も想起させない。

記憶は消えても、記録は消えない。けれど、記憶の伴わない記録は、虚しいものだ。

一時間ほどでナナミは部屋に帰ってきた。今日はお菓子やジュースを買っていないようだ。部屋を出る時に持っていた手提げをリュックにしまってから、敷かれていた布団の上にぽすんと座った。

「……どうする？」と僕に訊いてくる。

「え、何が？」

彼女はうつむいて何かを考えた後、再び僕を見上げた。

「多分　最後の夜だよ」

　僕は返答のために息を吸う間、何を言うべきかを考えた。僕にできることは、仮面みたいな微笑みを作って、「そうだね」と言うだけだった。

「本当に、怖くない？」

「昨日の夜にも言っただろ。怖くないよ」

「本当に？」

「本当に」

「こんな時まで、私に気を使ってない？　明日死んじゃうんだよ？　泣いたり怒ったりしていいんだよ？」

　怖くないというのは嘘ではなかった。けれど僕の中にはもう、未練が発生していた。今まで必死に目を逸らしていたナナミと歩む未来を、叶わない夢を、今日君の一言で見せつけられてしまった。

　でもだからって、怒っても仕方ない。泣いたって余命が延びるわけじゃない。それなら、今ナナミといられる時間を、穏やかなものにした方がいい。

「大丈夫だよ」

「大丈夫って言う人は、大抵大丈夫じゃないんだよ」

「じゃあ僕はその中の本当に大丈夫な方に分類されるよ」

「私の胸で泣いていいんだよ？」

「はは、君はどうしても僕を大丈夫じゃない方にしたいみたいだね」

「だって！」

声を張り上げたナナミは、顔を隠すように下を向いた。

「明日で、お別れなんだよ。もう会えなくなるんだよ。それで大丈夫なんて、私は寂しいよ、悲しいよ」

彼女の浴衣の膝に、ぽたぽたと雫が落ちる。

ナナミが泣いていることに衝撃を受けながら、僕は自分のことしか考えられていなかったことを思い知った。僕たちはもう期間限定の「恋人ごっこ」ではない。想いを伝え合った恋人なんだ。その相手が、明日死ぬ。それは、立場を置き換えてみれば、僕が残される側だとしたら、平気でいられるはずがなかった。

僕は立ち上がり、ナナミの前に座った。右手を彼女の頭に乗せ、優しく撫でる。

「ごめん。君の気持ちを考えられていなかった。……泣いてくれてありがとう」

ナナミは飛び込むように僕の胸元に顔を埋め、声を上げて泣き出した。僕はその震える肩を、頭を、自分の持ち得る最大の優しさをもって抱きしめた。

彼女は泣きながら、「ごめんなさい、ごめんなさい」と何度も言う。その謝罪の意味を僕は考えてみた。今日、叶わぬ未来を語ってしまったことだろうか。自分だけ生き残ることだろうか。それとも出会った時に僕についていた嘘のことだろうか。分からないけれど、どんなことだろうと、僕がこの泣きじゃくる恋人を恨むことなんてない、ということだけは分かった。

ナナミはそのまましばらく泣き続け、やがて疲れたのか、眠ってしまった。僕は起こしてしまわないようにそっと彼女を寝かせ、布団をかけて、電気を消した。

僕は、明日、死ぬ。

それが今は、とても、悲しい。

僕に殺される僕は、もう残り一人、僕だけとなった。

足元には無数の僕が転がっていて、僕を殺す僕はそれらを踏んづけて、僕の喉にナイフの先端を押し付けている。

死ぬことは怖くない。でも、彼女が泣くのなら、死ぬことは悲しい。

生きたい、と思う。ナナミのために。

でもそれが叶わないことも知っている。僕は刻々と僕を失い続けている。

「お前のせいなんだよ」と、ナイフを持った僕が言う。

僕のせい？　一体何が？

「……いや、知らなくていい。それが僕の望みだ」

何を言っているんだ。意味が分からない。

「もうすぐ、全部消える。そうしたら、楽になれる」

僕は消えたくない。

「お前は消える」

彼女が待ってる。

「お前のせいなんだ」

彼がナイフを持つ手に力を入れた。その鋭い切っ先が、僕の喉の皮膚を容易に引き裂き、ゆっくりと侵入してくる――

「樹、樹、大丈夫？」

体を揺すられ、目を覚ました。早朝の薄明りの中で、ナナミが心配そうに僕を見下ろしていた。

「ああ……おはよう」

「おはよう。すっごいうなされてたよ」

「ごめん、起こしちゃって」

「ううん。まだ寝る？」

「ナナミはどうする？」

「私は昨日早く寝ちゃったから、もう平気。樹は寝ててもいいよ」

「いや、起きようかな」


僕は布団から抜け出し、窓際に歩いた。厚いカーテンを掴み、一気に開ける。朝焼けの、青と紫と赤の空。それを映す一面の海。それだけが視界を埋め尽くす。世界は眩しくて、美しい。

そして今日は、僕の、最後の日だ。

早く起きたので、大浴場に行って朝風呂に一人でゆっくり入った。今日でこのホテルもお別れと思うと、少し寂しい。もう僕には、チェックインした時の記憶もないのだけれど。

僕が廊下に出ると同時に女湯の暖簾(のれん)をくぐって出てきたナナミは、やはりお風呂上りの艶(なま)めかしさを持っていて、僕の胸の中を心地よく掻き乱した。朝食を食べ、荷物をまとめると、フロントに鍵を返し、お金を払った。

今日はナナミが行きたいと言っていた「ひたち海浜公園」に行く。タクシーは呼ばずに歩いていく。公園に歩いて行ける距離というのが、このホテルを選んだ理由らしい。僕は覚えていないが、日記にそう書いてある。

手を繋いで海岸沿いを歩き、三十分ほどすると、公園の入り口が見えた。

「どんな感じ？」とナナミは訊いてくる。色々と省略されているが、今日中に死ぬ僕の体調を心配しているのだろう。

「どこかが痛いとか、気持ち悪いとか、そういうのはないな。ちょっと頭の中がザラザラする感じはあるけど」

「抽象的だね」

「でも、そうとしか表現できない。ノイズがかったような、紙やすりで撫でられているような」

「そっか」

券売機で二人分のチケットを買い、園内に入った。リュックから財布を出している間も、券売機のボタンを押す間も、財布をリュックにしまう間も、ナナミは僕の手を離そうとしなかった。手を離したら、すぐに僕が消えてしまうとでも思っているかのように。

　この公園はとても広く、東京ドーム四十一個分にもなるらしい。とはいえ、東京ドームに行った記憶のない僕には、その単位がどれほどのものなのか想像もつかないのだけれど。

　ゲートから少し歩くと、すぐに小さな駅のような施設が見えてくる。園内を走っているシーサイドトレインというものの乗り場で、ナナミお手製の「旅のしおり」に記載のある通り、やがて到着した白と青の爽やかな色彩の機関車を模した車両に乗り込んだ。

　空色の汽車は僕たちを乗せて優しい速度で走り、草原の緑と、遠い海と空の青の中を進んでいく。やはりシーズンではないからか、園内の客はまばらだ。

　吹き抜ける柔らかな風を受けて、ナナミが「気持ちいい」と微笑む。この世から立ち去ろうとする僕の命を引き留めるように、手はしっかりと握ったまま。

　みはらしの丘という所で、僕らはシーサイドトレインを降りた。その場所がネモフィラの名所らしく、咲き始めた水色の花がちらほらと見えた。

「やっぱりまだ早かったね」とナナミが言う。

　その声が寂しそうだったから、僕は繋いでいた手を強く握った。

「いや、僕の生涯の中でも最高の開花率だよ」

「そっか。それ、笑っていいのかな」

「笑ってよ」

「ふふふ」

二人でゆっくりと、小高い丘に向かう曲がりくねった坂道を歩く。時折名も知らぬ蝶が、花の周りを踊るように飛んでいた。

丘の頂上に、花畑を見下ろす形でベンチが設置されていて、僕たちは並んでそこに座った。僕の左手にはナナミの右手がずっと繋がれていて、僕たちは初めから一つだったのではないかと錯覚するくらい、その温もりはもう、魂の深い所まで絡み合っている。

空は優しいペールブルーで、果てもなくどこまでも広がっている。いくつもの木々の緑の向こうに観覧車があり、ゆっくりと回っている。みはらしの丘にはネモフィラの新緑が絨毯のように広がり、風を受けて穏やかに揺れている。花畑というものは、普段は見えない風を可視化するんだな、と僕は知った。

「私、ずっとここに来たかったんだ」

ナナミが静かに言う。

「そうなんだ。いつ頃から？」

「うーん、忘れちゃったよ。それくらい前ってことかな」

「じゃあ、来れてよかったね」

「うん、連れてきてくれてありがとう、樹」

「どういたしまして」

ナナミが距離を詰めるように座り直したので、体がぴったりとくっつく形になった。彼女は右手で摑んでいる僕の左手を自分の膝の上に乗せ、左手を添えた。ナナミの体温を、とても近くに感じる。全てを包み込まれているような感覚になる。

人生の終わりに相応しい、なんて幸福な場所だろう。

しばらく二人で、目の前に広がる風景を静かに眺めていた。

十分ほど経った頃、「どんな感じ？」とまたナナミが訊いた。

僕は目を閉じて、自分の頭の中に意識をやる。ザラザラとしたノイズが強さを増しているような気がする。昨日のことを思い出そうとしても、何も出てこなかった。映像も、音も、匂いも、感情も、何も。暗い靄がかかったようで、どこに手を伸ばしても触れるものがない。朝、日記を読み直しておくべきだった。日記？　日記なんて、書いてたっけ……

自分の置かれている状況に、改めて心細さを感じた。僕がいる場所を残して、周りの大地が崩れ落ちていくような不安。世界は虚無に飲まれ、残されたのはもうこのベンチの周りしかないんじゃないか。

耐えきれず目を開けると、明るい現実が当たり前にそこにある。けれど不安が払拭できず、思わず僕は訊いた。

「昨日って、何してたっけ？」

「……もう、いいんだよ、過去のことは。今は今しかないんだ」

優しい声でそう言われると、心が落ち着いてくる。過去はもうない。今は今しかない。今僕の目の前に美しい風景があり、隣にはナナミがいる。それが全部だ。今の僕の全部。それでいいし、それで幸福だ。

「記憶って、何だろうね。どうして消えていくんだろうね」とナナミが言う。

「そうだね。忘れることは心の防衛でもあるみたいだけど」

「樹は、ずっと思ってることは、消えていかない？」

「どういうこと？」

「えっと、例えば、朝起きたらおはようって言う、とか、ご飯は美味しい、とか、自分の病気のこととか……樹が私のこと、どう思ってるか、とか……」

「ああ」

僕も自分の症状を全て正確に理解しているわけではないが、分かることもある。

例えば十何年も前に覚えた日本語を僕は忘れていないし、今もこうして使えている。

平安遷都の語呂合わせも覚えているし、きっとそれなりの暗算もできる。

「知識として身についているものは、消えていかないみたいだ。それと、継続的に持ち続けている感情も、消えてないね」

「継続的に持ち続けている感情、って？」

「つまり」

少しの照れくささは広い空に放り投げて、僕は大切な感情を言葉にする。

「今でも君が好きだ、ってことだよ」

ナナミは繋いでいる手を少し強く握って、顔を隠すようにうつむくと、「えへへへ」と笑った。君が笑ってくれるなら、何より。

優しい風が吹いて、ネモフィラの草原を撫で、ナナミの髪を揺らしていった。

「ねえ、樹」

「うん？」

「私の名前はなんでしょうか」

「ナナミ、でしょ」

「もう一回」

「ナナミ」

「もう一回」

「ナナミ」

「ふふふっ」

彼女が笑うと、その体の揺れが触れている左腕に伝わり、それがくすぐったく心地いい。

「私を、覚えていてね。最後まで、忘れないでね」

忘れるわけがない。こんなにそばにいて、こんなに大好きで、こんなに大切なんだ。もうこの人との出会いや、昨日まで共にしてきたことや、交わした会話も、思い出せない。けれど、絶対に忘れないという想いだけは、自分の中に確かにある。

「僕も訊いていい？」

「何を？」

「僕の、名前は？」

「いつき。真宮、樹。私の恋人」

「もう一回」

「樹」

「もう一回」

「樹、大好き」

言葉が心を温める。泣きそうになる。彼女が頭を僕の左肩に乗せた。

ナナミ。遠坂七海。僕の大切な恋人。いつから付き合っているのだろう。分からない。でも、いい。今は今しかない。

視線を彼女の方にやると、黒く艶やかな髪に、青い花のヘアピンがついている。

「そのヘアピンの花って、もしかしてネモフィラなのかな」

「そうだよ」

「そっか」

みはらしの丘のネモフィラはまだまばらだけれど、彼女の耳元でその空色の花が咲いているのなら、それで幸福だと僕は思えた。

「私の誕生花がネモフィラなんだけど、樹、ネモフィラの花言葉って知ってる？」

「ごめん、知らないや」

謝ることないけど、とナナミは笑って、続けた。

「どこでも成功、可憐、あなたを許す……なんだってさ」

「へえ、最後のだけ雰囲気違うね」

ナナミは僕の肩にくっつけていた頭を離すと、左手を自分の右耳の辺りに持っていき、そこに咲く可憐な花をつまんで、引き抜いた。

「私はね、樹」

「うん」

ナナミはつまんだヘアピンの花をじっと見ている。

「私は、許すよ」

そう言って彼女は、その小さな青い花を、僕のシャツの胸ポケットに挿した。

「え？」

「恨んでもいないよ」

「何の話？」

「ふふ、知らなくていいよ」

僕が忘れてしまったことなのだろうか。気にはなるが、どうせ思い出せはしないのだし、知らなくていいと彼女が言うのなら、それでいいのだろう。

「ごめんね」

その謝罪も何についてなのか分からない僕は、それも気にしないことにした。だって、今は今しかないのだから。

ナナミが再び僕の肩に頭をくっつけた。

「なんか、眠くなってきたねえ」と彼女は言う。

言われてみればそんな気もしてくる。

春の陽光、心地良いそよ風、壮大な景色、零れ落ちた空の欠片のような花々。

今僕が知る世界は、温かくて、幸福だ。天国にも近いかもしれない。

ここにいられるのは、全部君のおかげだ。

「ナナミ、ありがとう」

彼女が小さく首を振ったのを、左腕で感じた。

頭の中をノイズが満たしていく。

ああ、消えていく。僕が僕を失っていく。

綺麗だな。なんでここにいるんだっけ。

隣にいるのはナナミ。大丈夫。覚えてる。

忘れない。最後の瞬間まで忘れるものか。

君の想い出だけを抱えて、僕は死んでいくんだ。

「いつき」
彼女が僕の名を呼んだ。僕は樹。そのはずだ。
ナナミの方を見ると、淡く微笑むように目を閉じながら、静かに涙を流していた。
空を宿している。綺麗な雫だな、と思う。
僕は右手の親指で、彼女の頬を伝う涙を拭った。
その温もり、風に揺れる髪、長い睫毛(まつげ)、春色の唇。
愛おしさが加速する。もう止められない。
右手を伸ばし、彼女の首に回す。そっと顔を近付ける。
初めてなのか、何度目なのか、それも分からない。
涙混じりのそのキスは、僕に確かに命の熱さを感じさせた。
ナナミ。ナナミ。ナナミ。そう、君は、ナナミ。
忘れない。忘れるものか。忘れてたまるか。
足元が崩れていく。世界が閉ざされていく。
僕は、——何だっけ。
何してるんだっけ。

僕の意識は暗闇に包まれ、体がゆっくりと倒れていく感覚を、最後に感じていた。
全てを失った頭の中で、彼女の名前だけを何度も繰り返していた。

#3　君を想い出になんてさせない。

中学生というのはとても難しい年頃なのだ。

好きな相手に素直に好きと言えず、つい突き放すような態度を取ってしまう。そうして相手が悲しむ姿を見て、自分への感情を確認して一喜一憂するような、そんなひねくれた愛情表現の仕方しか知らない、不器用な時代なのだ。

かくいう僕も、中学に進学して学ランを着るようになってから、学校内で七海と会話することを極端に避けていた。女子と話して男友達から揶揄されることが何よりも恥ずかしいことのように感じていた。

校内で下の名前で呼び合うことを禁じていたし、廊下などですれ違っても挨拶もしないように約束していた。僕たちは、仲の良い幼馴染ではない。面識のない、ただの同級生だ。そういう風に取り決めていた。

一日の授業を終え、ホームルームも終わり放課後になると、クラスメイトの友人が僕の席に気怠げに歩いてきた。

「真宮ぁ、今日お前んちで狩りやろうぜ。新武器の素材集めがマジでダルくてさぁ」

「いいよ、やろうか」

付き合いで僕もソフトを買ったポータブルゲームの、新しいクエストの煩雑さを愚痴る友人の話を聞きながら、学校を出た。

外は四月の澄んだ空気が満ちていて、終わりかけの桜が道路一面を花びらで満たし、太陽の光を優しく乱反射していた。その光景が穏やかで、綺麗だから、友人の話に相槌を打って歩きながら、僕はずっと七海のことを考えていた。

僕は、七海が好きだった。幼馴染とか、友達とか、そういうものをとっくに越えたところで、いつからか、その始まりも忘れてしまうほど前から、彼女に深く、恋をしていた。

この気持ちを伝えたことはない。彼女が僕をどう思っているか分からない。わざと冷たい態度で接して、悲しそうにする七海の姿を見て、そこに潜む好意の可能性を探ったりしていた。そのくせ、別の男が七海に話しかけたりしているのを見かけると、心臓が捻じれるかと思うほどの嫉妬に苦しんでいた。

僕は不器用で、卑屈で、弱くて、勇気がなくて、そして抗いようもないとても強い力で、内側を七海で埋め尽くされていた。

「じゃあ俺ゲーム持ってくっから、準備しといて」

僕の家の前で友人はそう言って走り去って行った。

家に入ると、玄関に見覚えのある女性用の靴が丁寧に置かれていて、複雑な感情で心臓が跳ねたのを感じた。廊下を歩き、リビングのドアを開けると、妹と話している七海がいた。雑誌のようなものを広げて二人で向かい合っている。

七海が僕に気付いて、言う。

「あっ、――真宮、くん、おかえり」

「これから学校の友達来るから、彼が僕の部屋に入るまで、絶対にここから出ないで。あと、早めに帰ってよね」

視線を合わせず、なるべくぶっきらぼうな声になるように、僕は言った。

妹の雫がむっとした表情で口を挟む。

「お兄ちゃん、七海ちゃんはあたしと遊んでるんだから、口出ししないでよね」

妹と七海は仲が良く、こうしてしょっちゅう会っている。僕は無視してリビングを出た。「ホントむかつくー」と言う妹の声がドア越しに聞こえた。

時々、こんな自分が嫌になる。本当はもっと、前みたいに七海と、照れや遠慮や臆面もなく話したいし、妹にも優しくしたいと思う。どうしてこうなってしまったのだろうと、愚かな自分を呪う。

やがてチャイムを鳴らした友人を部屋に入れ、しばらくゲームに付き合った。武器を作る素材を集めるために同じクエストを何度も周回しなければならず、なるほど確かにこれは面倒だ、と思った。

素材は十分に集まり、夕方に友人は帰って行った。リビングに入ると、僕が言った通りに七海は早めに帰ったようで、むくれた妹だけがソファに座っていた。

何も言わない妹の前を通り、冷蔵庫を開けてグラスに麦茶を注いでいると、背中に冷たい声を投げかけられた。

「お兄ちゃんさあ、なんで七海ちゃんに冷たくするの」

とく、とく、とく、と音を立てて、小麦色の液体がグラスを満たしていく。

「お前には関係ないだろ」

「関係あるよ！」

「なんで」

「だって、将来お兄ちゃんと七海ちゃんに結婚してほしいと思ってるから」

「はあ？」

思わず振り返ると、妹は真剣な表情をしていた。

「そうすれば、七海ちゃんもうちの家族になるじゃん」

七海が早くに父を亡くし、仕事で家にいないことの多い母との二人暮らしで、日々寂しく過ごしているのは知っていた。そんな彼女の唯一無二の支えになりたいと、僕の本音は言っている。

「でも、そんなの、相手の気持ちもあるし」

「え、それ本気で言ってる？」

「……え？」

「鈍感バカ兄貴」

「おい」

「全然カッコよくないのに悪ぶってカッコつけようとして、ちゃんと七海ちゃんと向き合おうとしないから、気付けないんだよ、バカ、鈍感、中二病、死ねばいいのに」

生意気な言葉には腹が立つが、いつからか僕を雁字搦め（がんじがらめ）にしていた恥ずかしさや妙なプライドで七海と向き合おうとしていないのは確かだし、痛い所を突かれた気分だ。

それに、妹が言っていることは、つまり——

「ていうかさあ」

妹はニヤリと不気味に笑った。

「『相手の気持ちもあるし』ってことは、お兄ちゃんはもうその気があるってことじゃん？」

反論の言葉は喉に詰まり、出てこない。体が熱くなっていくのを感じる。

「素直になりなよ。二人はお似合いだと思うよ？」

小学六年の妹に言いくるめられるとは思わなかった。無視して部屋を出ていくこともできるが、それはやっぱり逃避で、七海と向き合おうとしないということなのだろう。

「テーブルの上、見てよ」

そう言われて食卓を見ると、さっき七海が妹と見ていた雑誌が開かれたまま置かれていた。フルカラーのページに、水色の花が空に溶けそうになりながら一面に広がっている写真が載っている。

「綺麗だよねえ、ネモフィラの花畑。茨城県にある公園だってさ。七海ちゃん、そのページ見て目をきらきらさせてたよ。いつか行ってみたいんだって」

「……何が言いたいんだよ」

「誘いなよ、一緒に行こうって。来週からゴールデンウィークじゃん。その花もちょうどシーズンみたいだし」

「いや、そんな簡単に言うけどさ」

「あー勇気ないんだ、カッコつけてるくせに肝心な時にヘタレだよね。そうやってずるずる後回しにして、別の男に取られても知らないからね。七海ちゃんかわいいんだから」

「ああ、分かったよもう！」

乱暴にグラスをキッチンに置いて、僕は歩き出した。うるさく言われて仕方なく、という体を装いはしたが、「別の男に取られる」というのは僕には最大の恐怖であったし、妹もそんな「ヘタレでバカな兄貴」の心理はお見通しなのだろう。

靴を履いて夕暮れの外に出て、彼女の家に向かう。心臓は既に吐き気がしそうなくらいに高鳴っている。

もっと幼い頃に何度も押した呼び鈴の前で何度も深呼吸をしてから、ボタンを押した。しばらくして躊躇うようにゆっくりとドアが開き、七海が顔を出した。

「いつ——真宮くん、こんばんは。どうしたの？」

「あの」

こういう時、照れていたらいつまでも動けないのは、もう経験で十分分かっている。妹の言葉を思い出し、自分に鞭を打つ。七海は誰にも渡したくない。僕は唾を飲み込んで、自分の中の中二病をかなぐり捨てた。

「今日は、ごめん。追い出すようなこと言って」

ふるふると静かに七海は首を振った。

「私こそ、勝手にお邪魔して、ごめんね」

「いや、いいんだ。いつでも来てくれ。その方が雫も喜ぶ。それで、あの」

言い淀む僕に、七海は小さく首を傾げる。そんなささいな仕草でも、愛しさが爆発して心が掻き乱される。

「来週、ゴールデンウィークじゃん」

「うん」

「何か予定、ある？」

「何も、ないよ」

「じゃあさ」

どうしてこんなに緊張するんだろう。身体が震えそうになるのだろう。以前は誰よりも近くにいて、なんでも話せて、それで心地よかったのに。恋というものはなんて厄介なんだ。

「今日、うちで見てた雑誌の、あの公園。よかったら、一緒に、行かないか」

七海の表情が、みるみる輝いていくのが分かった。

「え……いいの？」

「うん。七海が、よかったら、だけど」

「うん、うん。いいよ。嬉しい。すごい嬉しい」

今にも飛び跳ねそうなくらい喜んでくれる彼女を見て、安堵と幸福が胸の中で熱く渦巻くのを感じる。僕のことを悪くは思っていないようだ。もういっそその公園で、花畑の中心で、思い切って告白してしまおうか。そんなところまで思考が飛躍していく。

「あ、でも」と彼女の表情に影が差した。「結構遠いんだけど、大丈夫かな」

「え、どれくらい遠いの？」

「電車で、二時間半くらい」

「……そっか」

僕たちはまだ中学生だ。連休とはいえ、二人だけでそこまでの遠出をすることを、親は許可するだろうか。父は放任主義ではあるが、怒ると怖い母がどう言うか分からない。行き先を告げずに朝早く出て夕方に帰ってくるプランも考えたが、それではせっかくの遠出を楽しめない。

結局お互いの家族に相談することにして、その場は別れた。家に帰る道すがら、久しぶりに七海と話せたことや、来週の約束ができたことで、心は舞い上がっていた。

　夕食の時間、父と、母と、妹と僕、四人で食卓を囲んでいる時、僕はそれとなく切り出してみた。

「ゴールデンウィークに七海と出かける約束したんだけど、いいかな」

「あら、七海ちゃんと？　いいじゃない。どこ行くの？」と母は好感触だ。

「茨城の、ひたち海浜公園って所なんだけど」

「ああ、テレビで見たことあるわよ、綺麗なところよねえ。でもちょっと遠いんじゃない？」

　それまで何も言わずに静かにしていることが不気味だった妹が、そこで「はいはーい！」と勢いよく手を上げた。

「中学生の男女二人で他県に旅行はジキショウソウだと思いまーす！　なので、あたしからは家族旅行を提案します。もちろん七海ちゃんも入れて！」

「なっ、お前」

　隣に座る妹を見やると、「ふふん」と得意げに笑った。なるほど、ここまでが、こいつの計画だったようだ。妹は父親の方に身を乗り出して言う。

「ね、お父さんもゴールデンウィークはお休みでしょ？　ここしばらく家族旅行してなかったから、いい機会だと思うんだよねー」

父はビールを飲んで機嫌が良いのか、「おう、行くか」と快諾した。「五人だと、ミニバンでもレンタルするのがいいかもな」

「いいね、楽しそう！　あたしトランプとか持ってく！」

と、僕を置いてどんどん話が進んでいく。僕は鮭の小骨を取り分けながら、小さくため息をついた。

食後に遠坂家に電話すると、家にまだ彼女一人なのか、七海が出た。妹に嵌められて家族旅行になったことを告げると、とても喜んでいた。

僕としては少し残念ではあるが、もし二人きりで旅行となったら緊張して何を話せばいいか分からなくなりそうだったし、何より、家族の温かみみたいなものを彼女が感じてくれるなら、それが一番だ。


それから一週間、レンタルする車を選んだり、ホテルを決めたり、公園以外にも観光する先を決めたりして、あっという間に時は過ぎた。準家族旅行ではあるが、年頃の男女がいるということで、部屋は男と女で二部屋に分かれることになった。

そして連休が始まり、出発の朝、父が借りてきた車の前で七海は律儀に頭を下げて言った。

「お誘い頂きありがとうございます。よろしくお願いします」

顔を上げた彼女は僕を見て、目が合ってしまって、心臓が痛いくらいに高鳴った。

妹がはりきって仕切り出す。

「じゃあ乗ろうか！　あたしとお母さんが一番後ろで、お兄ちゃんと七海ちゃんが真ん中の席ね」

「え、それじゃ俺一人じゃんか。寂しいな」と父が言う。

「大丈夫、助手席にチーバくん置いとくから」

妹はそう言うと腕に抱いていた赤い犬のようなぬいぐるみを助手席に設置した。

走り出した車内では、妹の提案するカードゲームでしばらく盛り上がった。独り運転に専念させられている父は、やはり寂しいのか助手席に黙坐（もくざ）するチーバくんに何かを語りかけていたが、それは久しぶりの旅行にはしゃいでいる妹の耳には届かないようだった。

高速道路に入り景色が単調になると、うるさいくらいだった妹は次第に静かになり、やがて眠ってしまった。今日が楽しみで夜眠れなかったのだそうだ。二つ下なだけだが、まだまだ子供だな、と思う。

「雫ちゃん、寝ちゃったね」と声を抑えて七海が言う。

「うん。最初から飛ばし過ぎだよな」

「私、一人っ子だから、雫ちゃんといると妹ができたみたいで、嬉しいんだ」

「そっか」

「……雫ちゃんも、いつか私が本当のお姉ちゃんになるといいって、言ってくれて」

「……そう」

その言葉の意味することが分かって、顔が赤くなっていくような気がして、僕は景色を見るように窓の外に目を向けた。声量は抑えてはいるが、静かになった車内では、前に座る父にも、後ろに座る母にも、聞こえているはずだ。二人がにやにやと笑っているような気がして、余計に恥ずかしかった。

しばらく走ると、車は渋滞の最後尾で停止した。「まあ、ゴールデンウィークだもんねえ」と母がため息交じりに言う。

ややあって、のんびりとハンドルを握っていた父親の様子が変わった。

「ん？　おい、ちょっと、まずいぞ」

ルームミラーを見ながらそう言い、叩くようにクラクションを鳴らす。

危険を知らせるそのブザーが、不吉に耳を劈く。

振り返ると、リアガラスの向こうで、トラックがあり得ないスピードで接近していた。

一瞬だった。

激しい衝撃で、体が押し潰された。すぐに激痛が全身を襲う。叫び声は車がひしゃげる音で掻き消え、固い何かが頭を強く打ち付けた。色を失っていく視界の中で、後部座席の母と妹の体が、あり得ない形に折れ曲がっているのが見えた。

これは、何なんだ。悪夢なのか。

ついさっきまで、雫も、母さんも、あんなに楽しそうに笑ってたのに。

僕が、旅行に行くなんて、言ったから。

体を動かせない。頭の中に鋭い痛みが走る。意識が消えそうになる。

目の前まで飛び出している後部座席のシートの向こうに、七海の姿が見えた。

そうだ、七海は、無事なのか。

彼女は、動かない。乱れた髪で顔が見えない。窓ガラスにぐったりと頭を預けている。いや、窓ガラスにヒビが入っている。

そしてそこに、鮮血が広がっている。

「あああああ……」

僕の、せいで。

僕が、誘った、せいで。

「あああああああああああああああああああああああ！」

そして僕の視界は、閉ざされた。

＊

僕は一人で立っていた。暗闇の中で立っていた。

自分の姿さえも見えないほど、ここは暗い。

僕は自分が何者なのかを考えてみた。けれど、何も分からなかった。

僕。僕とは一体何なのか。人間なのか。ただの闇なのか。意思を持った空虚なのか。

何も分からない。ここは暗い。

ふと気付くと、暗闇の中に誰かが立っているのが見えた。

それは少年のようだった。表情もないまま、一人で立っている。

少年は僕の方を向いている。僕が見えているのか。僕は虚ろなのに。

少年は力なく口を開いた。そこから、乾いた風のような声が聞こえた。

「なんだ。まだいたのか」

その言葉が何を意味するのか、僕は分からなかった。

「いい加減消えなよ」

その声がどこに向けられたものか、僕は分からなかった。

「お前だよ、真宮、樹」

まみや、いつき。

僕は自分に体があることに気付いた。暗闇の中で薄(うっす)らと曖昧に、消え入りそうな危うさで存在していることに気付いた。

「お前のせいなんだ」

少年は力なく首を横に振る。

「いや、僕の、せいなんだ」

僕はまだ、何も分からない。自分のことも。彼が言っていることも。

「僕のせいで、母も、妹も、死んだ」

母。妹。それは何だっただろうか。

「それに、彼女も、巻き込んでしまった」

この少年は、何を言っているのだろう。

「僕はこの最悪で絶望的な悲劇のエンドロールを、早く終わらせたかった」

伝えたい、と思った。でもそれが何か、分からない。

「逃げて、忘れて、苦しさを全部終わらせたかった」

少年が泣いているように見えた。伝えたい、と再び思った。

「そうしないと、とても生きていられなかった。ここは暗すぎるんだ」

自分も泣いているように感じた。空虚の中に生じた悲しみが、不思議な感覚だった。

「もう、全部消えて、楽になろうよ。生きることは、苦しいよ」

生きることの苦しさが、自分の中を満たしていく。消えたい、と思う。

痛みが充満していく。絶望が支配していく。

潰れる車。折れ曲がった家族。割れたガラス。大切な人。広がっていく血。

叫びそうになる。けれど声が出ない。後悔と自責が心を引き裂く。

「母さん、雫、ごめん」

少年はしゃがみ込み、頭を抱えて泣いている。

「ごめん、ごめん、七海」

ななみ。

僕の中の空虚に血が通るのを感じた。いつの間にか、心臓が自身の内側で脈動している。

「許して、許して、許して、……助けて」

僕は右手を動かして、自分の左胸の辺りにやった。鳴動する心臓の近く、そこにある胸ポケットに、小さな青い花が咲いている。

(私は、許すよ)

言われた時は、何のことか分からなかった。

(恨んでもいないよ)

けれど、彼女は、分かっていたんだ。僕でさえ忘れていた僕のことを、彼女だけは、分かっていた。そして、教えてくれた。恨んでない、と。

彼女？　ななみ。そうだ、ナナミだ。遠坂七海。忘れるはずがない。

僕は、なんだ？　いつき。まみや、いつき。真宮樹。

僕は胸ポケットの青い花を抜いて、目の前で見つめる。これはヘアピンだ。僕があげたヘアピン。いつだっけ。いつあげたんだっけ。思い出せ。

目の前に夕暮れの優しい光が射し込む。ビルの谷間の路地裏。目を閉じる七海の耳元に、僕が挿してあげた。

映像が、音が、匂いが、感情が、次々に溢れて来る。

公園。ファミレス。映画館。ボウリング。水族館。観覧車。図書館。海。花火。

光が爆発するように僕の中を満たしていく。

部屋で飲んだウイスキー。彼女の額にキスをした温かさ。誕生日。マフラー。クリスマス。初詣。バレンタイン。

そうだ、脳のキャパシティはすごいんだ。忘れてしまっても、消えてしまったわけじゃない。インデックスを失っただけで、ずっと残ってる。ふとしたきっかけで、思い出すこともある。

二人で乗った電車。手作りの旅のしおり。空を映す海岸。何枚も撮った写真。君の好きな水族館。ソフトクリーム。手を繋いで歩く海岸。最後に訪れた公園。咲きかけのネモフィラ。

心臓が高鳴っている。僕の全身に血を送っている。生きろと叫んでいる。

七海が、待っている。

僕は肺に沢山の空気を取り込み、今もしゃがんで震えている少年に言ってやる。

「おい、中学生の僕。七海は言ってたぞ。私は許すよ、って」

「……七海？　生きてる、の？」

　そうか、この僕は、そこでずっと止まっていたんだ、と気付く。

　そりゃあつらいはずだ。苦しいはずだ。自分のせいで家族も、大好きな幼馴染も死んでしまったと思ったまま、ずっと止まっていたんなら。

「ああ、元気に生きてるよ。恨んでもいないって言ってたぞ」

「……でも、いっぱい血が出てた。怖い思いを、痛い思いをさせた」

「そうかもしれないけど、今、七海は生きてる。その彼女の言葉を信じろよ」

「でも、でも、母さんも、雫も、死んだ。二人は帰ってこない」

　胸が苦しく痛んだ。母と妹が死んだのは事実だ。もう今の僕は、その時の恐怖も、激痛も、絶望も、知っている。にぎやかな妹も、怒ると怖いけど普段は優しい母親も、もうあの家のどこにもいない。

「確かに、母さんも雫も、帰ってこない。直接じゃなくても、その原因の一つは、やっぱり僕なんだと思う。そのことは今でも、めちゃくちゃ悲しい。それでも僕は、生きたいと思うよ」

「でも、苦しい、痛い」

「うん、生きることって痛いよな。苦しいよな。早く終わればいいって思うのも分かるよ。全部捨てて忘れちゃえば楽なのにって思うのも分かるよ。僕もそうだったから。

でも楽しいこともあるんだ。嬉しいこともあるよ。綺麗な所もいっぱいある。それは全部、七海が教えてくれたよ」

今も頭を抱えて震える三年前の僕に、「今」の僕は歩み寄り、背中にそっと手を置いた。

「ごめんな。お前を切り捨ててしまったのも、こんな暗い所に閉じ込めてしまったのも、多分、僕なんだろうな。苦しくてつらくて、その全部から逃げようとして、忘れることで自分を守ろうとしたんだ。でももう、僕はお前を置いて行かないよ」

少年の僕は、乱れた髪の隙間から伺うように僕の方を見た。その濡れた瞳に、小さな光が宿っているように見えた。

「僕たちには未来がある。そこでは七海が待ってる。母さんも妹も、僕のせいで死んだけど、七海にも怪我をさせてしまったけど、でもその後悔も痛みも自責も全部背負ってでも、今の僕は、未来に向かいたいと思ってる」

手を伸ばす。彼が掴んでくれることを願って。

「だから、一緒に行こう。僕にはお前が必要だ」

彼は躊躇うようにそっと腕を動かし、僕の手を掴んだ。その手を引いて一緒に立ち上がる。真っ直ぐ向き合うと、少年の僕は光が弾けるように消えた。

目を開けると、光がやけに眩しく感じた。そして同時に、体中に強烈な違和感があった。

僕はベッドのような所で仰向けに寝ているようだった。起き上がろうとすると右腕にズキリとした痛みが走り、見ると針とチューブが刺さっていて、そのチューブの先は頭上のパックに繋がっている。経験がなくても、これが点滴だということはすぐに分かった。

右腕を使わないようにして上半身だけ起き上がるが、手にも腹にも足にも、上手く力が入らなくて、苦労した。辺りを見渡すとここは病院の個室のような所で、僕の他に人はおらず、味気ない白い壁と天井が、作り出された清潔感を不自然なほどに誇張していた。自分の体にはいつの間にか、入院着のような柔らかなガウンを着せられている。

ぼんやりする頭を整理しようとしていると、病室のドアが外側からノックされ、僕の返事も待たずに開かれた。若い女性の看護師さんが入ってきて、上半身だけ起き上がっている僕を見て、驚愕して駆け出して行った。どうしたのだろうか。

僕は自分の頭の中に意識を向けてみる。ノイズはもうない。そしてそこに確かに記憶があるのが分かる。僕は七海と行ったひたち海浜公園で意識を失ったはずだ。その後ここに運ばれて、そして目覚めたということだろうか。

僕は――死ななかったのか。

今の僕の中には、全てがある。事故の記憶も、失っていたそれ以前の記憶も、それ以降の「ナナミ」との一年間の想い出も。

僕は過去と向き合って、受け入れて、そしてここに、帰ってくることができたんだ。七海のいる未来に。

七海に会いに行きたくて、僕は生きていると伝えたくて、上手く動かない体で布団から抜け出ようとしていると、開けられたままだった病室のドアから医師が慌てた様子で入って来た。過去に入院していた時からずっと僕を担当していた若い男の先生だ。先ほど驚いて部屋を出ていった看護師の人も一緒だった。

「樹くん、本当に目覚めたのか、信じられん」

点滴の針を外された後、体や精神状態についていくつかの触診や質問をされ、それに答えることを繰り返した。早く七海に会いに行きたいのに、ともどかしく思っていると、医師から告げられた言葉に衝撃を受けた。

「君は、約二週間、昏睡状態だったんだよ」

二週間。

「……え？」

「どんな外部刺激にも反応がない、最低限の生命活動しかしていない状態だった。手の打ちようがなかった。でも、本当によく目覚めてくれた。さっき君のお父さんにも連絡をしたから、じきに来てくれると思うよ」

二週間。そんなに僕は眠っていたのか。体に上手く力が入らないのも、そのせいなのかもしれない、と思った。

「あの、僕のスマホとか、どこにありますか。連絡したい人がいるんですけど」

「君の私物はほとんどお父さんが持ってるよ。スマホに関してはもう解約しちゃってるかもしれないけど……。ところで、連絡したい人って、もしかして……遠坂七海さん、なのかな？」

「え、なんで七海を知ってるんですか」

先生は看護師と気まずそうに顔を見合わせた。自分の心の内側に、嫌な予感としか表現できない冷たいものが、ぞわぞわと広がっていくのを感じた。

先生が憐（あわ）れむような表情で、言う。

「遠坂さんは今、隣の個室にいるよ」

僕はベッドを飛び降り、駆け出した。裸足で踏む病室の床が冷たく感じた。

「樹くん！」

先生が僕を呼んでも無視して廊下に出て、隣の個室のドアを叩く。

「七海！　ここにいるのか？　僕だ、樹だよ」

先生と看護師が僕の後ろに立ったが、止められる様子はない。僕の扱いに困っているようにも、ドアを開けて事実を受け入れなさい、という無言のメッセージを送っているようにも思えた。

ドアの取っ手を摑み、横に引いていく。不思議なほど重く感じるそれはゆっくりと動いていき、やがて明るい病室の床や壁が見えた。

ベッドの端が見え、清潔そうなシーツが見え——

そしてそこに目を閉じて仰向けに横たわる、七海の顔が見えた。

「七海」

僕はゆっくりとベッドに近付いていく。心臓が不快なほど速く鳴っている。

「七海、どうしたんだよ」

ベッドの横まで来ても、彼女はぴくりとも動かない。その右腕には、僕が先ほどまでされていたのと同じように、点滴のチューブが繋がれている。

「起きてよ、七海」

寝起きの顔を見られるの、嫌がっていたじゃないか。

また僕と水族館に行きたいと言っていたじゃないか。

それなのに、なんで、君がここにいるんだ。

僕は助けを求めるように、後方の先生の方を振り返った。

「先生、七海は……」

「樹くん、君は三年前の事故の際、ひと月ほどの昏睡の後目覚めるも、逆行性健忘、つまり記憶喪失になっていた。それは分かるかい？」

「はい。今は全部、思い出しましたけど」

先生はうなずき、言葉を続けた。

「それと同時に、推測ではあるけれど身体的、精神的両面のダメージから、徐々に記憶を失っていく症状――暫定的に『進行型重度前向性健忘』と名付けられた別の病気を発症していた。脳内の記憶が少しずつ削られ、最終的には脳の活動が停止するのではないかと思われていた症状だった」

そこで先生は視線を七海のベッドに向けた。

「三年前、樹くんと一緒に救急搬送された遠坂さんは、強く頭を打ってはいたけど君よりは軽傷で、記憶喪失にはならなかった。でもその後の経過観察で、君と同様に進行型重度前向性健忘を患っていることが判明した。……正確に言うと、遠坂さんがきっかけでその病状を発見し、その後に樹くんも同じ病気を罹患していることに気付いた、ということなんだけどね」

「そんな、バカな……」

立っていられなくなり、床に膝をついた。

記憶を失った僕に、明るく陽気なキャラクターを演じて「恋人ごっこ」の契約をしたナナミは、残り一年の命だと言っていた。でもそれは彼女の嘘で、深刻な病気で死に向かっていたのは僕の方だった。だから、七海は死なないはずだった。僕が死んだ後も、一年でも十年でも、何十年でも生きていくと思っていた。それでいいと思っていた。それなのに――

「なんで、七海は、それを黙って……」

その時、病室の入り口から慌ただしく、僕の父親が駆け込んできた。

「樹、本当に目覚めたんだな！　どうしてこっちの部屋にいるんだ」

「父さん……七海が」

父は何を言うか迷うように、床に座り込む僕を苦しげな表情で見て、ベッドの上の七海を見て、そして再び僕に視線を戻した。

「ああ、あの公園のベンチで、七海ちゃんも、お前とほぼ同時に倒れたよ」

「知ってたの？　七海の病気のこと」

「……知ってた」

「なんで言わなかったんだよ！」

ゆっくりと、ため息のような呼吸をしてから、父は言った。

「七海ちゃんからお願いされてたんだよ。樹には言わないでくれって」

「どうして……」

「『樹が知ったら、きっと自分を責めるから』ってさ。お前に残された時間を、ただ幸せな記憶だけでいっぱいにしたいって、言ってたよ」

僕は両手で顔を覆って、病室の冷たい床の上に惨めに丸くなり、声を押し殺してしばらく泣いた。


その後、精密検査やカウンセリングで僕の心身に問題がないことを確認し、翌日、退院することになった。

退院までの間、時間を見つけては七海の病室に入り、名前を呼んだり、語り掛けたり、手を握ったりしてみたが、医師の言うように何の反応も示さなかった。綺麗だけれど、どこか冷たさを感じる寝顔だ、と僕は思った。苦しさも寂しさも感じさせない、けれど喜びや幸福もそこに見出せない。七海の表情に宿るのは、「無」だった。まるで、彼女の心や魂といったものが肉体から離れて、抜け殻になった体だけがベットに置き去りにされているような、そんな静かな虚しさが部屋を満たしていた。

病院は、自宅から歩いて二十分程の位置にある、大きな総合病院だった。記憶を取り戻した僕には、そこが三年前の事故の後に記憶を失ったまま退院した場所と同じであることが分かっていた。父の話によれば、事故直後は現場近くの病院に救急搬送され、処置を受けた後、昏睡する僕は実家近くのこの病院に転院したそうだ。七海は定期的にここに診察に通っていたらしい。そんなことも、僕は全く知らなかった。

取り戻した記憶の中に、三年前の病院のベッドに横たわる自分のものがある。ひと月の昏睡から意識を取り戻した後、全ての記憶を失って自分が何者かも分からずにぼんやりしている所に、中学の制服を着た七海が息を切らして訪ねてきた時だ。

「樹、よかった、目覚めてくれて。本当によかった」

泣きそうになりながらそう言う彼女に、僕は冷たく「誰？」と言った。

七海は驚き、悲痛な表情をして、一粒涙を流した。

「私、七海だよ。遠坂七海。分からないの？」

「分からない」

彼女は口元を押さえ、逃げるように病室を出て行った。その後一週間ほど、毎日のように彼女は尋ねてきたが、その度に何も知らない僕は冷たい対応をしていた。そうしてやがて、七海は僕の病室に来なくなった。彼女を深く傷つけた当時の僕を、今の僕はぶん殴ってやりたいと思う。

退院後もやらなければいけないことが特にあるわけではない今の僕は、毎日病院に通い、面会時間の開始から終了まで、ずっと七海のそばにいた。女性の看護師さんが七海の体を拭く時間があり、その間だけ部屋を出ていた。

父がまとめておいてくれた僕の荷物の中に、ヘアピンが入っていた。僕が約一年前にプレゼントして、そして意識を失う直前に七海が渡してくれた、青い花の付いたヘアピン。それを僕は、毎日シャツの胸ポケットに挿していた。それがここにあることが、七海といた時間の証のように思えて。

そうして三週間ほどが経ったある日、「彼氏さん？」と、七海の部屋に来た看護師さんに訊かれた。四十代くらいと思われる、優しそうな細身の女性だった。

僕は頭の中の記憶を手繰って、僕たちが正式に恋人になっていたことを再確認してから、「そうです」と答えた。女性は柔らかく微笑んだ。

部屋を出て、自動販売機で缶コーヒーを買い、待合室でそれを飲んだ。自分の中に深く刻まれている想い出の、どれを取り出しても、そこに七海がいる。

一年前、「恋人ごっこ」の契約をした時、彼女は誰かの想い出になりたいと言った。日記を開かなくても思い出せる。冬と春の間の境界線のようなよく晴れた日、公園の木漏れ陽が穏やかに揺れる中、七海は言っていた。「私という存在を、一生忘れないくらいに、これ以上ないくらいに、その人の心に刻み込みたい」と。今思えば、初めからその「誰か」は、彼女を忘れてしまった僕のことだったのだと分かる。

記憶をなくす前も、君に恋をしていた。そして全て忘れてしまった後も、君の願いの通りに、また僕は、君で埋め尽くされた。

それなのに、ここには今、君はいない。

世界が静かに色を失っていく。命が意味を失っていく。

僕は目元を覆って深く息を吐き出した。七海のいる未来に進みたくて、僕は暗闇から帰ってきた。けれど七海がいないのなら、この日々に一体どんな意味があるのだろう。

やはり元々の彼女の願いの通り、僕の命の火が消えるその最後の瞬間まで、彼女の消えない想い出だけを抱き締めて、歩き続けるしかないのだろうか。

いや、諦めちゃダメだ。僕だって自分を取り戻して目覚めることができたんだ。七海も、すぐにでも目覚めるかもしれない。もしかしたら明日にでも。いや、もしかしたら、今もう目覚めていて、病室に戻った僕を見て、微笑んでくれるかもしれない。

僕は立ち上がり、空き缶をゴミ箱に捨て、足早に七海の個室に戻った。時間的に清拭はもう終わっているはずだが念のためノックをして、返事がないことを確認してからドアを開けた。

七海は、目覚めていなかった。そして彼女のベッドの前に、見慣れない女性が立っていた。四十前後に見えるその綺麗な女性は、整ったスーツ姿で僕に会釈をしてから、

「どちら様？」と訊いた。

「えっと」

なんと言えばいいのだろう。見知らぬ人に対して彼女の恋人ですと自己紹介していいものか、距離感が分からなくて躊躇われた。

僕が口ごもっていると、その女性が先に口を開いた。

「もしかしてあなたが、真宮樹さんなのかしら？」

僕は驚いた。と同時に、この女性の正体に薄らと嫌悪感を抱いた。七海が病院で昏睡しているというのに、これまで一度も見舞いに現れなかった——

「……はい、そうです」

「そうですか」

女性は表情を変えないまま、こちらに儀礼的なお辞儀をした。

「私は七海の母です。真宮さんのご家族には、娘が大変お世話になっていたようで、ありがとうございます」

「……いえ」

僕は七海の母親を見たことがなかった。小学校の授業参観でも、彼女の家に遊びに行った時でも、その姿はなかった。子供ながらに不思議に思った僕が理由を尋ねたことがあったが、七海は「お仕事が忙しいみたいだから」と、寂しそうに笑っていた。

「あの」と、僕は声をかけてしまう。

ずっと訊きたかったこと。けれど訊くのが少し怖いこと。

「何か？」

「七海さんが記憶を失っていく病気で、その結果で入院していたことは、ご存知でしたか？」

「当たり前でしょう、親なんですから。ここの入院費を払っているのだって私です」

七海の母親は表情を変えずに、感情の少ない声で答えた。

「ではなぜ、これまで、お見舞いに来なかったんですか？」

「仕事が忙しいんです。これでも一つの会社の代表をしておりまして。仕事が終わる頃にはここの面会時間は終わってしまうじゃないですか。私は娘だけでなく、社員全員の面倒を見なければならないんです」

「でも、たった一人の娘なのに」

「社員が路頭に迷えば、社員本人だけでなく、その家族も困窮するんです。そこには七海よりも小さな子だっているかもしれません。関係者全員の命を守る責任が、私にはあるんです。十八にもなった物言わぬ娘よりも、私に従う多くの命の方が、私には大切です。分かりますか？」

そんな理屈、理解できるわけがないし、分かりたいとも思わない。十人でも、百人でも千人でも、世界全部よりも、たった一人の方が大切だと思う気持ちが、自分の中にあるから。

僕の不服な表情が伝わったのか、七海の母親は微かに、けれど僕にも分かるような確かさで、人を見下すような笑みを見せた。

「ああ、あなた確か、学校に行ってらっしゃらないんでしたね。それでは理解できないかもしれませんね」

心の中に熱い感情が逆巻いた。それは僕が馬鹿にされたことではなく、七海という存在がここまで軽視されていることに、だ。七海にとっては、たった一人の掛け替えのない母親だというのに。

人の心を変えることは容易ではない。この母親に、今更七海への愛情を目覚めさせることはできないだろう。それなら、七海を笑顔にするために、僕が行動することを選ぶ。

「……失礼ですが」

拳を固く握り、爆発しそうになる心を押し留めて、僕は息を吸った。

「もし今後、七海さんが目覚めても、あなたの元には帰らせません。僕が彼女を幸せにします！　それはあなたにはできないことです！」

母親はしばし僕を見つめた後、小さく笑い「それで結構です」とだけ言った。個室の出口の方に歩き出した彼女に道を開けるよう移動すると、僕の隣で足を止めた。

「今日私がここに来たのは、娘の残した荷物を整理していて、ある物を見つけたからです。捨ててしまおうかとも思ったんですが、大事な物のようだったので、枕元に置いておきました。……あなたの名前が、何度も出ていましたよ」

僕はナナミのベッドに駆け寄った。彼女の静かな寝顔の横に、白い本が置かれている。少し躊躇ったが手に取り、裏返して表紙を見た僕は、そこに書かれていたタイトルを目にして、息を呑んだ。

「娘の愛し方も、話し方も、忙しさの中でいつの間にか忘れてしまった母親よりも、あなたがそばにいた方が、きっといいのでしょうね」

母親はそう言うと歩き出し、ドアを開け、娘の眠るベッドを最後まで振り返ることもないまま、部屋を後にした。

胸の内側はまだ不快な感情で満ちている。けれど今はそれに縛られている時ではない。僕は右手で胸元を払うように二度叩いた後、もう一方の手に持っているものに視線を戻した。

白い革の表紙に、金色の文字でタイトルが刻印されている。

その日記帳の名前は、「Forget You Not」、だった。

面会時間が終わったので僕は家に帰り、自室の勉強机に座って、先ほど母親から渡された七海の日記を開いた。

日記というのは究極のプライベートアイテムだ。そこに勝手に踏み込むことに強い罪悪感を抱くが、七海を目覚めさせる手がかりを得られないかと、僕は躊躇いながらも藁(わら)を摑むような思いで、そこに書かれた文字を読んでいく。

最初の日付は、僕が日記を書き始めたよりも一年近く前だった。

今日、お医者さんから言われた。私は、少しずつ記憶を失っていく病気にかかっているそうだ。想い出が減り続けて、やがてそれがゼロになった時、私の命がどうなるか分からないらしい。いつその最後が来るかはまだはっきりしないけれど、減少スピードから、私の命はあと二年くらい、ということだそう。

とても悲しい。大好きな樹に忘れられて一晩中泣くくらい悲しかったし、今でもそれをずっと引き摺っているのに、今度は私も、樹を忘れていってしまうのだろうか。

それはいやだ。悲しい。寂しい。だから、この日記帳を買った。

想い出を全部書いていけば、忘れてしまっても振り返ることができる。

私は、樹のことを、忘れたくない。

一ページめから泣いてしまいそうだった。僕が忘れてしまって悲しませたことも、彼女が病気になっても僕を忘れたくないと思ってくれていたことも。
日記の中で何日か経ち、彼女は高校に入学した。いつか全てを忘れていってしまう自分に怯え、上手く人付き合いができず、友達も作れないことに悩んでいるようだった。家に帰っても母はほとんどおらず、いたとしても会話はない。本を読むことだけが、その頃の彼女の救いだったらしい。

今日、学校の帰りに、道を歩く樹と会った。ドキっとしたけど、樹は私に気付くはずもなく、暗い表情で歩いてコンビニに入っていった。忘れられるって、悲しい。
少し迷ったけど、私もコンビニに入った。彼がパンのコーナーを見ていたので、ドキドキしながらそれとなく隣に立ってみた。でもやっぱり、気付かれない。今の樹にとって私は、顔も名前も知らない、他人なんだ。家に帰って、一人で泣いた。あんまり泣くと目が腫れちゃうから、気を付けないと。

今日、樹のお父さんと偶然会った。私の体の具合を訊かれたから、悩んだけど病気のことを話した。そうしたらお父さんは驚いて、樹も私と同じ記憶を失っていく病気になっていることを教えてくれた。お医者さんによれば、頭を強く打ったことと、事故の精神的なショックの両方が関係しているらしい。お父さんには、私のことや、病気のことは、樹には言わないようにお願いした。

すごくつらい。全部、私のせいだ。私がネモフィラの花畑を見たいなんて思ったから。雑誌で見たあの素敵な公園に行きたいなんて願ってしまったから。樹が誘ってくれて、喜んでしまったから。だから樹のお母さんも雫ちゃんも亡くなって、樹も大怪我をして記憶喪失になってしまった。そしてさらに記憶が消えていく病気になって、二年経ったら死んでしまう。私のせい。私のせい。私のせい。

ごめんなさい。玲子さん、雫ちゃん、樹。ごめんなさい。私なんて、はじめからいなければよかった。


正直、死んじゃおうかとも思った。どの道もうすぐ死ぬんだし、樹は私を忘れているし、玲子さんも雫ちゃんも死んじゃって、樹も深刻な病気になっちゃったのに、私があと二年も生きているのが耐えられなかった。

でも昨日、ある本を読み終えて、いっぱい泣いて、考えが少し変わった。私も、樹も、あと二年ある。それなら、せめてその間だけでも、樹に幸せを感じてほしい。楽しい想い出をいっぱい持ってほしい。そのためには、今の私のままじゃ、ダメだ。

昨日からずっと考えてることがある。緊張するけど、明日、演劇部に行ってみようと思う。


七海は、全て失った僕に幸せを感じてほしくて、一人で頑張っていたんだ。

僕はもう抑えられずに、ぼろぼろと泣いていた。涙が彼女の日記に落ちないように、日記の持ち方を変えなければいけないくらいに。

その翌日、七海は高校の演劇部に入部し、部長に嘆願して、難病モノのシナリオと、彼女が演じるための明るく陽気なキャラクターを用意し、練習に励んだ。彼女は誰よりも真剣に打ち込み、演技を身につけていく。

夏になった頃の日記に、クラスメイトの和泉(いずみ)さんと友達になった、と書かれていた。恐らく以前僕も会って、学校での七海のことを話してくれたあの委員長のことだろう。友達ができたことを彼女は素直に喜んでいて、文字も少し弾むように書かれており、微笑ましかった。

そしていくつかのページを経た後、僕の記憶と一致する記載が現れた。

3月19日（木）

演技にもそこそこ自信が付いてきたので、今日思い切って部活を辞めた。部長にも先輩たちにもとってもお世話になって申し訳ないけど、でもこれからは、樹と過ごす時間を大事にしていきたいんだ。

学校帰りに樹の家の前で待ち伏せしていると、コンビニに行っていたらしい樹が帰って来た。倒れてしまいそうなくらい緊張したけど、声をかけてみた。でも樹は冷たい態度で、ほとんど会話もできずに家に入ってしまった。これを書いている今もズキズキと胸が痛い。でも、あきらめない。明日もがんばる。

3月20日（金）春分の日

よかった！　樹とちゃんと話せた！

ちょっとむりやりだったけど、コンビニに行くという彼について行って、ねるねるねるねを買ってもらった。その後、大事な話があると言って、公園に一緒に行った。

もう昔のことは忘れてきているけど、樹はねるねるねるねが好きだったように思うから食べさせてみた。何か思い出してくれるかもと思ったけど、特別な反応はなかった。ずっと練習してきた、明るく強気な難病モノのヒロインを演じて、樹と恋人ごっこの契約をした。LINEも交換できた。久しぶりに樹から名前を呼んでもらえて、泣いちゃいそうなくらい嬉しかったけど、泣くのはガマンできた。嬉しい。嬉しい。

明日、松戸でお買い物デートをすることにした。嬉しい。楽しみ。嬉しい。

3月21日（土）

今日は樹と松戸でお買い物デート。なにげに、樹と二人でちゃんとデートするのは初めてだったから、とっても緊張したけど、嬉しかった。

アクセ屋さんで青いヘアピン（ネモフィラみたいな綺麗な空色！）を買ってもらって、スマホソケットも買ってもらって、樹の服のコーディネートもした。ハンバーガーを食べたあと、屋上で休憩して、色々お店を見て回ってから、最後に文房具屋さんで樹に書いてもらうための日記を買った。自由に選んでもらったけど、私の日記と色違いの同じやつを選んで驚いた。Forget You Not。「あなたを忘れない」という名を持った、この日記帳と同じものを。

帰る前、路地裏に樹を連れ込んで、今日買ったヘアピンを髪に挿してもらった。ドキドキした！

「恋人ごっこ」と樹に言われると悲しいけど、でも私が言い出したことだから、しょうがない。本当の私じゃないけど、いつか樹に、好きになってもらえたらいいな。ごっこじゃなくて、本当の恋人になれたら、いいな。

その後、僕たちの送った「デート」の日々が、細かく記載されていた。僕が書いていた日記よりも、大事な会話内容などを意識して残しているようだった。いつか忘れてしまうことを念頭に入れて、記録するようにしていたのだろう。

5月9日（土）

今日は葛西臨海水族園に行った。周りのカップルがみんな手を繋いでるから、待ち合わせ場所で樹と手を繋いでみたけど、恥ずかしすぎてすぐに離してしまった。作りもののキャラクターだって彼にバレなかっただろうか。

水族館はとってもよかった。涼しくて静かで暗くて、落ち着いた気持ちになれた。大きな水槽の前で二人でぼんやりしていたら、樹が私の手を握ってくれた。とても温かくて、安心した。やっぱり私は、この人がどうしようもなく好きだな、って思う。

彼女の記録が、自分の記憶と重なる。公園を散歩した後、僕たちは観覧車に乗った。その時の綺麗な光景も、七海の表情も、今の僕は、覚えている。

好きな人と観覧車に乗るのは、夢だった……ように思う（私の記憶はもう一年前がおぼろげになっている）。だから樹と乗れて、嬉しかった。

勇気を出して、頂上でキスをしてみようかと言ったけど、断られてしまった。樹にとって私は、契約の「恋人ごっこ」の相手で、いつか死んでしまう人で、恋愛対象にはならないのだろうか。そう思うと、とても悲しかった。でも気を取り直して、「お互いにもっと、ちゃんと好きになったら、その時にまた考えよう」と私は言った。

夏には浴衣を着て花火を観に行く。水着を買って海にも行く。そんな約束をした。（彼の前で水着なんて着れるだろうか……でも想い出のためだ）

今日は疲れたけどとっても楽しかった。未来の約束をできるのも、嬉しい。でも、樹の冷たさが時々とても寂しい。スマホで「恋の駆け引きテクニック」を読んでみたら、押してダメなら引いてみろというのがあった。ちょっと、やってみようかな。

そうだった。水族館に行った翌日から七海の連絡が途絶え、僕は束の間の静寂に喜ぶも、次第に心配に耐えられなくなってこちらから連絡したんだ。それは七海の思惑通りだったわけだが、僕が怒って、結果的に七海が謝ることになった。

連絡がなかった間も日記が書かれている。彼女は普通に学校に行き、家では一人で本を読んでいたようだ。僕からの連絡が来ないことで不安と寂しさを感じていたことが記されている。

5月14日（木）

「押してダメなら引いてみろ」をやってみたけど、樹は全然連絡をくれなくて、一人で毎日泣きそうになっていた。もうダメだろうかと思っていたら、今日、彼からLINEがあった。よかった。心配してくれていた。でも怒らせてしまったみたいで、悪いことをしてしまったな。あ、でも、怒ってくれたことも、少し嬉しい。

近くの公園で会って、心配かけたことを謝った。一度距離を置いたことで、これまでよりも、ちゃんと心の奥で話せたような気がする。私は樹にも、幸せを感じてほしい。そう思っていることを伝えられた。

ずっと笑わない樹に笑ってほしくて、彼のほっぺを押し上げてみたら変な顔になって、私の方が笑ってしまった。でもそのあと、樹の表情も柔らかくなったような気がする。

その後も、二人で過ごすいくつもの日々が、日記に刻み込まれている。梅雨に図書館に行ったり、海の日に海に行ったり、夏休みに約束通り花火大会に行ったり。

花火の日、彼女は寂しさに耐えきれず、本当のことを全部僕に話してしまおうと思ったようだ。けれど思い留まったと書いてある。今なら思い出せる。ひとけのない公園でブランコに腰掛け、記憶についての話をしていた時だ。「私、本当は」と言いかけた彼女の声は、花火の音に掻き消された。

彼女の日記はその後も丁寧に続けられていった。十二月、七海が学校の友人と外で話している時に、僕と鉢合わせしたことがあった。その場から逃げ出した七海は、僕を騙していたことが露呈して嫌われてしまっただろうかと怯えていた。そして、真実を知った僕と、公園で話をしたんだ。

七海は死なないんだよね？　と樹に訊かれ、答えを迷った。

私の病状も確実に進行している。もう三か月以上前が思い出せない。でも、本当のことを言えば、また樹を苦しめてしまうかもしれない。だから、苦しいけど、私は嘘を重ねる決意をした。

私が死なないと分かって泣いて喜んでくれる樹が、嬉しくて、悲しくて、愛しくて、騙してることがつらくて、私は声をあげて泣いてしまった。

七海の日記には、嘘の苦しさと、記憶が消えていくことの怖さと、そして僕と過ごす時間の沢山の幸福が、彼女の綺麗な字で書き込まれていた。読み進めていくと、ページは茨城への旅行の日まで追いついた。

ホテルで僕が日記を書いている間、七海は部屋を出て何をしているのだろうと思っていた。けれど彼女も、僕に気付かれないように記録をつけていたんだ。記録によって、次々に消えていく記憶を補完しようとしていたんだ。

3月19日（金）

明日、私たちの最後の日だ。これを書いている今、もう私の記憶は一日分も残っていない。

とても怖い。でも、きっと最後まで樹といられるから、大丈夫だと思おう。

明日は、私がずっと行きたかったひたち海浜公園に行く。ネモフィラ、咲いてるといいな。

たぶんこれが、最後の日記になるんだろう。だから書いておこう。

ずっと、ずっと、心の中に重く、冷たく、残ってる。想い出を次々に失っていっても、これは消えていかない。

私のせい、という罪悪感。

三年前の私がきっかけで交通事故に遭って、玲子さんと雫ちゃんが亡くなった。みんな大好きだったのに。本当の家族みたいに思えていたのに。そして樹は記憶を失い、余命三年になって、明日、死んでしまう。

前の日記によると、私たちの病気は、頭を打ったことと心の問題の両方が影響しているらしい。私の中の消えない罪悪感が、私を蝕んでいるのが分かる。自分なんて消えてしまえばいいって、心の中の私の一部がずっと思ってる。

そしてそれは、樹も同じなのだろうか、と思う。樹は真面目で優しいから、忘れてしまっても、無意識にあの事故は自分のせいだと思ってるんじゃないだろうか。そしてその気持ちが、樹の記憶と命を削り続けているんじゃないだろうか。

そうだったら、私は、そんなことないよって言ってあげたい。玲子さんと雫ちゃんだって、そう言うと思う。私も頭を打ったけど、明日死んじゃうけど、それはあなたのせいじゃないよ、って。だから苦しまないで。自分を責めないで。

全部、私のせいなんだから。ごめんね、樹。

せめて残された時間だけでも樹には幸せになってほしくて、でも本当のことは言えなくて、私のわがままにいっぱい付き合わせた。でもそれは、私にとっても、とても温かくて幸せな時間だったんだ。

想い出が、思い出せなくなってしまっても、私の頭の中に残っているなら。

樹がくれた幸せな、透明になった記憶の中に埋もれて、私は消えていけるよ。

ありがとう、樹。

七海の日記は、そこで終わった。

「う、ううう」

歯を食いしばっても涙は止めどなく溢れ、嗚咽の声を抑えられない。

「あああああっ……」

どうして君が自分を責めるんだ。そんなことないよと言いたいのは、僕の方なのに。

ありがとうと言いたいのは、僕の方なのに。

空っぽの亡霊のようだった僕が、エンドロールの終わりを待つだけだった僕が、少しずつ内側を温かさで満たされて、未来を求めるようになって、そして今ここにいられるのは、全部君のおかげなんだ。

それなのに、帰って来た未来に君がいないなんて。

僕は七海の残した日記をそっと閉じて、ベッドに倒れ伏し布団を頭まで被ると、胸の中で弾けて溢れる様々な感情を吐き出すように、泣き叫び続けた。


翌日も僕は七海の病室に行き、彼女に話しかけた。

――やあ、調子はどう？　今日も良い天気だよ。

ここに来る途中に立派な桜があるんだけど、知ってるかな。ほら、あの団地の公園の所。あそこの桜もすっかり散ってしまったけど、代わりに花びらが白い絨毯みたいに地面を埋め尽くしていて綺麗だったよ。一緒に見に行きたいな。

外は風が気持ちいいから、ちょっと窓を開けてみようか。

今頃、ネモフィラは満開になってるのかな。

……ねえ、七海。君は、ここにいるのかな。

当然彼女が返事をすることはなく、僕の声だけが虚しく部屋の中で消えていく。

僕がそうだったように、君の中にも重く暗い自責や罪悪感や後悔があって、それが君を蝕み続けていたのだろうか。その暗闇の中に、まだ君は、残っているのだろうか。

部屋には静かな時が流れ、陽は傾き、やがて沈んで、面会時間の終わりが来るまで、七海の隣で本を読んで時折彼女に声をかける、そんないつもと同じ時間を過ごした。

病院を出て、暗くなった帰路を歩く。待っていればいつか七海は目覚めるのだろうか。分からない。七海が目覚めなかったら、僕はいつまでもこうして、家と病院を往復する日々を続けるのだろうか。それも分からない。

今は養ってもらっている身だが、父もいつか働けなくなる。七海だって、いつまでもあの個室にいられるわけではないだろう。

――愛するものが死んだ時には、自殺しなけあなりません。

以前読んだ『春日狂想』の一節が不意に脳裏に浮かんだ。

七海のいない未来に、光を感じられない。

独り残されたこの命に、意味を見出せない。

周りの空気が重く粘性を持って体中に絡みついてくる。

歩みが遅くなり、やがて足が止まる。

目の前が暗くなっていく。思考が囚(とら)われていく。

もういっそ、僕は、僕を終わらせてしまった方が――

目眩がして、立っていられなくて、道端に座り込んだ。膝を抱えるように体を丸めると、シャツの胸ポケットに挿しているヘアピンが、街灯の明かりを受けて小さく光っているのが見えた。それを抜き取って、目の前に持ってくる。

数百円の安物なのに、とても嬉しそうに受け取ってくれた。彼女は僕に会う時、いつもこのヘアピンをつけていた。そして——

（私は、許すよ）

そう言って、最後に僕に渡したんだ。彼女自身も自責に蝕まれていたっていうのに、僕のことばかり気にして。

青い花が壊れてしまわないようにそっと手で包んで、その手を額に押し当てた。

七海は命を賭して僕を許してくれた。だから僕は、こうして戻ってこれた。

それなのに、僕が諦めてどうする。

深呼吸を繰り返して、肺に新鮮な酸素を取り込んでいく。それが体中の細胞まで行き渡るイメージ。

僕よ、今すぐ生まれ変われ。弱気で、後ろ向きで、否定的で消極的な僕は、あの花畑の中で死んだんだ。七海の母親にも言ったばかりだろう、彼女を幸せにするって。

それなら、こんな所で諦めちゃダメだ。

決意を新たにして、立ち上がる。過去の僕は、人生を下らないエンドロールだと思っていた。でも、ヒロインの心を取り戻そうとしている今、まるで映画のクライマックスに差し掛かっている主人公みたいだな、なんて、ふと思った。

翌日、僕はいつものように七海の病室に来ていた。

僕は七海の意識を連れ戻したい。そのために行動をしたい。

けれど相変わらず声をかけても、手を握っても、髪に触れても、何の反応もない。

おとぎ話のようにキスでもしたらどうだろうかとも思ったが、さすがにそれは悪い気がして、思い留まった。

やがて診察に訪れた担当医に、僕は訊いてみた。

「あの、彼女を車椅子とかに乗せて移動することって、可能なんでしょうか」

「ああ、病院敷地内の庭を歩くくらいなら問題ないよ。良い刺激になるかもしれないね」

「電車に乗って他県に移動とかは……？」

「そんなのダメに決まってる。患者さんに何が起こるか分からないし、責任持って預かってる病院側からしたら、許可出せるわけないよ」

「そうですか……」

先生は少し考える様子を見せた後、僕に背を向けて、言った。

「これは独り言だから聞き流してくれよ。近々、彼女は退院することになってる」

「えっ、でもまだ七海は何の快復も」

「独り言に反応するなよ……。個室入院ってのは金がかかるんだ。ましてやいつ意識が戻るか見込みも立たない状態だ。彼女のお母さんが自宅での療養を望まれた。病院としてはその決定に反対はできない。でも、訪問診療ではどうしても頻度も減るし、彼女の身体を拭いたり着替えさせたりしてくれる看護師さんもいない。彼女の境遇は、ここにいるよりもよっぽど悪くなることが予想される」

「そんな」

「毎日お見舞いに来てる男の子がこれを聞いたら、ショックだろうな。でも、何も知らずに空っぽになった個室を見たら、もっとショックかもしれない。ああ、悩むなあ」

　そう言って先生は部屋を出て行った。恐らく患者のことを他人である僕に話すのは問題になるのだろう。だから独り言という形で、僕に伝えてくれたのかもしれない。

　七海が家に戻されたら、今のように毎日会いに来ることは不可能だろう。それどころか、会うことさえ難しくなるかもしれない。あの母親が献身的に七海を看病するようには思えない。やはり、早いうちに行動した方が良さそうだ。

僕は部屋を出て、院内を観察した。車椅子はスタッフステーションで申請すれば借りられるようだ。他の病室の患者さんが介助式の車椅子に乗って家族に押してもらい、エレベーターに乗り込むのを見た。しかし車椅子には病院の名前が書かれていて、さすがにそれで外まで出歩いていたら不自然かもしれない。

病院を出て、ポケットからスマホを取り出す。ブラウザを開き検索をして、とあるレンタルサービスのサイトを表示した。申込を終えた後、大きく深呼吸をして、歩き出した。

午後四時頃、七海が通っていた高校の校門前で、僕は人を待っていた。制服を着た沢山の生徒がそこから出てくる。私服で一人立っている自分が場違いな気がしながら、歩いてくる一人一人の顔を見逃さないように眺めていた。

三年前、あの事故に遭わなければ、僕も七海と一緒にこの高校に入学して、通っていたのだろうか。放課後には七海とデートをしたりして、たまに男友達とゲームをして、もしかしたら七海と友達になった委員長も含めて一緒に遊んだりもしていたかもしれない。そんな当たり前だけれどとても幸福な青春が、あったのだろうか。

そこには母もいて、口うるさい妹もいて、夜には家族で食卓を囲んで——そんな風に考えていると、その「もしも」の世界があまりにも温かくて、涙が滲みそうになったから、僕は考えるのをやめた。

やがて見覚えのある女子生徒が現れた。その人の元に駆け寄り、声をかける。

「すみません、僕のこと、覚えてますか」

突然呼び止められた「委員長」はとても驚いた様子で、しばし僕の顔を眺めた。

「あ、もしかして、遠坂さんの彼氏さん、ですか？」

「真宮樹といいます。覚えてくれていてよかった」

彼女と会ったのは去年の冬。道端で偶然会った七海が僕を見て逃げ出した後、学校での七海のことについて教えてもらった時だ。それ以来顔を合わせることもなかったから、忘れられていたらどうしようかと思っていた。

「……あの、遠坂さんはどうしてるんですか？　彼女、わたしに何の相談もしてくれないまま、学校を辞めてしまっていて」

「え、七海、学校辞めてたんですか」

「ええ、先月の初めの頃にはもう」

「そうだったんですか……」

今は四月の終盤だ。三月の初めだと、最後の旅行の計画を話し合っていた頃だろうか。その頃から七海は、自分の時間の終わりを見据えて、僕にも友人にも真実を話せず、一人でそっと学校を辞めていたのか。

　独りきりで抱え込まずに、もっと周りに頼ってほしかった。たとえどうすることもできないとしても、一緒に苦しさや寂しさや不安を分かち合いたかった。

「少し、落ち着いた所で話したいんですけど」

　そう言った僕を連れて、委員長は近くの公園に向かった。道中、彼女が名乗ってくれたことで、七海の日記に書かれていた「和泉さん」はやはり彼女のことなのだと確信できた。辿り着いた公園は僕の家の近所のものよりずっと敷地が広いが、人はいなくて、静かだった。少し距離を開けてベンチに座り、僕は話し出す。

「七海は、ひと月以上前から、昏睡状態で病院に入院しています」

「えっ！」

　驚き、問い詰める彼女に、僕は仔細を話した。

　過去の事故で記憶を失っていた僕に、幼馴染である七海が会いに来てくれたこと。

　僕と彼女が、記憶を失っていく病に罹っていたこと。

　彼女のおかげで僕は再び生きる理由を得ることができたこと。

　それなのに、七海が、目覚めないこと——

「そんな。もっと話してくれれば、わたしだって力になれたかもしれないのに」

　そう言って両手で顔を覆う和泉さんを見て、本当に七海のことを友達だと考えていたんだと、そう僕は感じて、自分のことでもないのに嬉しく思った。

「それで、実は、和泉さんにお願いしたいことがあって、今日は会いに来たんです」

「わたしにできることがあるなら、なんでも言ってください」

　手を下ろし、真っ直ぐ僕を見る和泉さんの目には静かな決意が宿っていて、頼もしく感じた。けれど、僕が考えていることを話すと、その瞳に躊躇いが混じったように見えた。

「え、それって、犯罪になりませんか……？」

「もしかしたらそうなってしまうのかもしれません。でも、このまま何もしないでいたら、もう二度と七海に会えなくなってしまうように思えて」

　和泉さんは唇を噛んで悩んでいるようだ。真面目そうな彼女をこの計画に巻き込むのは、やはり難しいかもしれない。でもそうなると、年の近い女性の知り合いなどいない僕には、頼れる先がない。

　計画を考え直した方がいいか、と思っていると、和泉さんはうつむいていた顔を上げ、はっきりとした声で言った。

「やります。手伝わせてください。わたしだって、また遠坂さんに会いたいです。あの子、大人しくて弱気なのに、芯が強くて、変なところで頑固で、だから心の内側の弱いところを、なかなか見せてくれないんです。だから、言ってやりたいんです。もっとわたしに頼れ！　友達でしょ！　って」

その言葉を聞いて、記憶喪失になってから僕がずっと遠ざけていた、人の優しい温かさのようなものを感じて、僕は思わず微笑んでいた。

翌日、家の前でレンタル業者から車椅子を受け取った。扱い方の説明を聞き、渡された書類を確認していると、約束通り和泉さんが来てくれた。落ち着いた青色のクラシックワンピースを着て、大きめの手提げ袋を胸の前で抱えている。

「和泉さん、おはようございます」

「おはようございます……あの」

「はい？」

「敬語、やめてもいいですか？」

「えっ」

「何だか他人行儀だし、年齢も同じみたいだし。それに、遠坂さんの彼氏さんなら、いつか彼女が目覚めてから、一緒に遊ぶこともあるかもしれませんし……」

「ああ、もちろん、いいですよ」

「よかった」と彼女は笑って、「じゃあ、改めてよろしくね、真宮くん」と言った。

この人は、クラスでも人気があるだろうな、と僕は思った。

「じゃあ、失礼して」

僕がハンドルを握る車椅子に、和泉さんが座った。

「和泉さん、車椅子に乗ったことある？」

「ないよ」と彼女は笑った。「だから、貴重な経験だ。ドキドキしてる」

「僕も緊張してる」

「不自然にならないようにね」

「分かってる」

ハンドルを押すと思ったよりも重く、力が必要だった。けれど動き出すと車輪は滑らかに回り、僕たちを前に進ませていく。

電動ではないので、上り坂は度々ブレーキを引いて立ち止まり、息を整えなければならなかった。もともと体力がある方ではない上に、二週間もベッドで昏睡していたから、体中の筋力が落ちている。本当は病院の前で和泉さんを乗せればいいのだけれど、車椅子を押す経験のない僕の練習も兼ねて、彼女には家の前から乗ってもらっていた。

「真宮くん、大丈夫？　今だけ降りようか？」

「大丈夫。慣れないとだからね」

息を切らしながら車椅子を押して坂道を上っていると、独り言のような声で和泉さんが言った。

「真宮くんは、本当に遠坂さんのことが好きなんだね」

「……何、急に」

「だってそうでもなきゃ、こんなことしないでしょ」

乱れる呼吸の合間に、僕は答えていく。

「そりゃあ、そうだよ。ずっと前から、好きだったし、七海のおかげで、僕は今、生きている。だから、今度は僕が、絶対に、彼女を連れ戻す」

和泉さんは「ふふ」と小さく笑って、「遠坂さんが羨ましいなあ、そんなに想ってくれる人がいて」と呟いた。

「和泉さんに憧れてる男も、いっぱいいると思うよ」

「そうかなあ」

「そうだよ。まだ三回しか会ってない僕がそう思うんだから、保証するよ」

「そっか、ありがと」

坂を上れば、あとは平坦な道だ。病院の入り口前まで辿り着き、僕は息を整えた。

和泉さんは膝の上に乗せている荷物から、顔が隠れるような幅広の帽子を取り出して、頭に被った。建物内で帽子を被っているのは不自然かもしれないが、幸い今日は陽射しの強い日だから、そう違和感はないだろう。

車椅子を押して、病院の中に入る。スタッフステーションで面会希望を告げると、もう顔なじみになっている僕は看護師のおばさんから気さくに声をかけられた。

「樹くん、今日は一人じゃないのね。その子は？」

「七海の友達なんです」

「あらそう、七海ちゃんも喜ぶと思うわ。今日もたくさん声をかけてあげてね」

「はい、ありがとうございます」

頭を下げて、七海の個室に向かう。

連日通っているから、医師の往診や、看護師さんによる点滴の交換や着替えの時間は、全部把握している。それ以外の時間はほとんど個室に人が入ることがないことも知っている。

ドアをノックして、いつも通り返事がない事を確認してから、部屋に入った。今日もこの部屋には清浄で無機質的な空気が満ちていて、冷たいくらいの静けさで耳鳴りがしそうだ。

ドアが閉まったことを確認して、和泉さんは車椅子から立ち上がり、ベッドに眠る七海の横に立った。

「遠坂さん、本当に、病気だったんだね」

「うん。僕にも最後まで教えてくれなかった」

「絶対に、連れて帰ってきてね」

「……もちろん」

和泉さんは七海の手を両手で握って、祈るように額に押し当てた。

「遠坂さん、お別れも言わずにいなくなったこと、わたし怒ってるんだからね。戻ってきたらちょっとだけケンカして、それでまた、ちゃんと友達になろう」

「じゃあ、和泉さん、あまり時間もないから」

「うん。真宮くんは部屋を出てて」

僕は一度個室を出て、扉の前に立った。中で和泉さんが着替え、七海を着替えさせてくれるのを待つのと、その間に誰かが部屋に入らないようにするためだ。

僕は今日、七海を誘拐するつもりだった。

誘拐といっても、何か悪さをしたり、身代金を要求するようなつもりは当然ない。七海がここを退院して自宅での療養に移れば会うのは難しくなるし、誰もいない家に一人で眠らされていては、彼女が目覚める確率は絶望的に下がるだろう。最悪の場合そのまま衰弱して、今彼女の身体が行っている最低限の生命活動さえも途絶えてしまうかもしれない。

だからそうなってしまう前に、出来る限りのことはしたかった。

不安が心臓を締め付ける。これで合ってるのだろうか。これで七海は帰ってくるだろうか。もしかしたら僕の行動で、彼女の体に余計な負担を与えてしまうかもしれない。何度深呼吸をしても、心に影を落とす後ろめたさがなくならなかった。

やがてドアが内側からノックされ、僕は小さく扉を開けて中に入った。和泉さんは持参していた別の服に着替えていて、さっきまで彼女が着ていた青のクラシックワンピースは、今は七海に着せられている。二人の体型がそれほど違わないから、違和感は全くない。

「和泉さん、ありがとう」

「お礼は遠坂さんが目覚めてからだよ。それにその時は、わたしも真宮くんに存分にお礼を言わせてもらうからね。……ああ、それにしても、略取誘拐罪の幇助とかに問われないかなぁ」

「全部の責任は僕にあるから、僕のせいにしてくれればいいよ。脅されてたと言ってくれたっていい」

「……真宮くん、震えてるよ。大丈夫？」

見抜かれてしまった。こんなことでは、顔なじみの看護師さんに見つかったら怪しまれてしまうのではないか。

「分からないんだ……。和泉さんにもここまで協力してもらってるのに、これで正解なのか、分からない。正直、不安でいっぱいだ」

和泉さんは黙って僕を見た。失望されただろうか。怒らせてしまっただろうか。

ゆっくりと息を吐き出してから、彼女は「ちょっと、ごめんね」と言った。そして僕に近付き、右手を上げた。そしてその手を振って、僕の背中を強く叩いた。バシ、という乾いた音が、七海の眠る病室に響く。

「痛っ!?」

「気合い入ったかな」

「……え？」

―わたしにも分からない。間違ってるかもしれない。でも、これが唯一の正解かもしれない。誰にも分からないよ。わたしたちはいつだって正解が分からないから、暗闇の中で腕を振り回して走るみたいにさ、信じる方向に向かって、必死に行動するしかないんじゃないかな」

　彼女に叩かれた箇所がじんじんと痛み、そこに熱を感じる。

「不安なの、分かるよ。すごいことしようとしてるんだもん。でもそこまでして、遠坂さんを連れ戻したいってことなんでしょ。じゃあ、覚悟決めていかないとね。責任ならわたしも一緒に背負うから。わたしだってあの子の友達なんだから」

　先ほどの衝撃と彼女の言葉で、胸中を満たしていた暗い靄は吹き飛んだ。今は、僕は、必死に行動するしかない。

「ありがとう、和泉さん。おかげでちょっと吹っ切れた」

「でしょ」

「帰ったら、七海と一緒に水族館に行こう。彼女、水族館が好きなんだ」

「分かった。楽しみに待ってるね」

　二人で手分けしてベッドから七海の体を持ち上げ、車椅子に座らせた。和泉さんの被ってきた帽子をそっと被せる。ここまでしても、七海はぴくりとも動かない。

和泉さんが個室のドアを開けた。彼女には念のため、少しだけ部屋で待っていてもらってから外に出るようお願いしてある。僕は七海を座らせた車椅子のハンドルを押し、廊下に出た。心臓の鼓動が速度を上げていく。

呼び止められたらどうする。昏睡状態の病人を勝手に連れ出すことを咎められたらどうする。警察を呼ばれるようなことになってしまうだろうか。

緊張しながらも、不自然にならないように平静を装って歩く。エレベーターに乗ってしまえばひとまず大丈夫なはずだ。

幸い誰にも声をかけられることなくエレベーターの前まで辿り着き、下りのボタンを押す。早く扉が開くことを願っていると、顔見知りの看護師さんの声がした。

「樹くん、今日はもう帰るの、早いのね……あら、お友達、具合悪いの？」

「あ、ええっと」

「ぐったりしてるじゃない。どれ、見せてみなさい」

看護師のおばさんが僕の押す車椅子に近付く。もうダメか、と思った時、和泉さんが駆け寄った。

「すみません、トイレで倒れてる人がいて、すぐに来てくれませんか！」

「あら大変、どのトイレ!?」

「こっちです！」

小走りで駆け出していく二人を見送って、僕はようやく開いたエレベーターに乗り込み、深く息をついた。後で和泉さんには、沢山お礼をしなくては。

電車を乗り継ぎ、目的地へ向かう。車椅子を押して電車に乗るのは一苦労だった。乗り降りの度に駅員さんにスロープを出してもらう必要があったし、混んでいる車両では、ほとんどの人が無関心でいてくれるものの、苛立ちを見せつけるように舌打ちをしてくる人もいた。

親切そうなおばさんが七海を見て、「彼女大丈夫？　具合悪いの？」と善意で声をかけてくれるのも、つらかった。「ええ、今は眠ってるだけですので」と、胸の痛みは微笑みに隠し、嘘にならない程度の嘘で、静かに答えた。

そうして二時間半かけて、ようやく僕たちは到着した。先月の中頃にも二人で来た、茨城県の阿字ヶ浦駅に。その時と違うのは、眠り続けている七海が車椅子に乗っていることと、それを押している僕は、もう全てを思い出している、ということだ。

「七海、着いたよ。前回はまだたったひと月半くらい前なんだけど、覚えてるかな」

車椅子を押して、道を歩いていく。

覚えてる。僕の中にちゃんと想い出が残ってる。この細い道を歩いて、まずはホテルに向かったんだ。途中で小さな神社を見つけて、二人でお参りをした。最後の旅行がうまく行きますようにって。

暫く進むと、遠くの方に小さく海が見える。それだけではしゃいでいた。夏に海に行ったこと、その時の僕は記憶から消えてしまっていたけど、今思えば、君だって忘れていたんだ。日記に書いて、毎日読み直して、僕に優しい嘘をついていたんだな。

ホテルの前を通り過ぎて、海沿いの道を歩いていく。季節は春から初夏に移り変わろうとしていて、風は優しくて陽射しは温かく、海は力強い波音を立てている。

君が眠り続けていても、太陽は昇って、世界は廻って、時間は慌ただしく過ぎていく。それでも、君がいてくれなくちゃ、僕の世界に光はない。だから、そろそろ起きてよ、七海。

そして僕たちは、ひたち海浜公園に辿り着いた。チケットを二枚買って、中に入る。

「ほら七海、君が来たがっていた公園に、また来たよ。まさか二か月連続で来ることになるとは思ってもいなかっただろ。今なら、ネモフィラも沢山咲いてるんじゃないかな。観たがってたでしょ、満開のネモフィラ」

ゴールデンウィーク直前の平日で人はそれほど多くはないが、先月よりは賑わっているようだった。前回乗ったシーサイドトレインは車椅子では乗るのが難しそうだったので、ハンドルを押しながらゆっくり歩いた。

「前に来た時は、ずっと僕の手を握ってたよね。手を離したらすぐにでも僕が死んじゃうとでも思ってたのかな、ははは。……でも、そうか、君も、怖かったのかもしれないね」

　七海に話しかけながら三十分ほど車椅子を押して歩き、やがて木々の間を抜けて視界が開けると、空と同じ色の花々が無数に広がる丘が見えてきた。思わず「おお」と感嘆の声が出た。

「ほら、七海、見て。ネモフィラの花畑だよ。満開だよ」

　みはらしの丘を登る道を、車椅子を押して息を切らしながら歩いていく。すれ違った観光客のおじさんから「兄ちゃん頑張れよー」と声をかけられ、笑って応えた。

　丘の頂上まで登ると、前回座っていたベンチが幸い空いていたのが見え、七海の車椅子を横に並べて、彼女の右隣に座って息を整えた。

「頼りなくてごめん。これは決して君が重いとかじゃなくて、僕の体力が落ちてるだけだから……」

　汗ばんだ僕の頬を優しい風が撫でた。視線を上げると、風が満開のネモフィラの花を揺らして、穏やかな波を作っていた。それはまるで、空色の海。心の奥から熱が溢れ、震えながら体中を満たしていく。気付くと僕は、涙を流していた。景色を見て泣くのなんて、初めてかもしれない。

「そっか、君はこの光景を観たかったんだな。優しい海みたいだよ。空が地上を満たしてるみたいでもある。ほら、一緒に観ようよ」

横を向いても、彼女の目は閉ざされたままで、静かで冷たい寝顔があるだけだ。心にヒビが入りそうになるが、気を取り直して僕はリュックの口を開け、中の物を取り出した。

白と、黒の、二冊の日記帳。

君を忘れない、という名を持つ、僕たちの記憶のかけら。

「これ、持って来たんだ。人に日記を読まれるのってさ、めちゃくちゃ恥ずかしくない？　でも今日の僕は容赦ないよ。なぜなら、君を目覚めさせたくてしょうがないからね」

二つの日記の表紙を開いて、ぱらぱらとページを捲っていく。

「初めは、憂鬱だったよ。突然現れた自称余命一年の女の子に、薄命を盾に恋人ごっこの契約をさせられて、デートさせられて、あれこれ買わされて、その上『日記を書け』だよ。何度ため息をついたか分からないね」

その日の記録は、当時の僕らしい捻くれた文体で、反対に七海の方は楽しさや喜びが滲むような、キラキラとした文章になっている。

「でも、毎日書いているうちに、ちょっと楽しくなってたんだ。言葉を考えて、自分の記憶や心の内側を文字に残していくという作業が、僕の性に合ってたのかもしれない。もしかして、そんな僕の性質も理解して日記を書かせてたのかな。だとしたら、さすが幼馴染、って感じだよ」

二冊の日記には、同じ出来事の記憶が、二つの視点からいくつも刻まれている。

「水族館とか、ボウリングとか、海とか、花火とか……。色んな場所に行ったし、色んなことをしたよね。まあほとんどが、僕が連れ回されたり、やらされる形だったけど。でも、渋々付き合ってるような雰囲気出しちゃってたかもしれないけど、本当は、そのどれも、僕は結構楽しんでたんだよ」

そのどれも、その全部が、やがて消えていく僕の記憶を幸せな想い出でいっぱいにするという君の目論見だと考えると、涙が止まらなくなる。

「そのおかげで、空っぽになってた僕は、生きることができたんだ。内側を君で埋め尽くされて、それが温度になって、光になってた。つらい過去と向き合っても、自分のせいだっていう苦しさと対面しても、それを受け入れて、背負って、前を向こうって思えるようになった。全部君のおかげなんだ」

そしてそれが、自責に苦しんで全部一人で背負おうとする君の罪滅ぼしのつもりも含まれているのかもしれないと考えると、悔しさでいっぱいになる。そんなこと僕は望んでないのにと言いたくても、もう聞いてもくれないなんて。

「前に、病室に君のお母さんが来てたことがあった。その時に、僕は宣言したんだよ。僕が君を幸せにするって。……君にも聞こえてたかな。人の聴覚は最後まで残るっていうからさ、聞こえてたなら、恥ずかしいけど、でも嬉しくもあるよ。その頃から、ずっと、考えてることがあるんだ」

僕は右手をリュックに突っ込み、家から持って来ていたもう一つの小さな荷物に触れた。それはさらりとした手触りで、ひんやりと冷たくもある。

「誰かを幸せにするって、実は結構難しいことだよな。特に僕は、自分一人を生かすことだってギリギリだったのにさ――。愛や幸福は金では買えないっていうけど、生きるのにはどうしてもお金は要るし。お金を稼ぐには仕事をしないとだし、仕事に就くには、ある程度学歴があった方が、やっぱり有利だ。だから僕は、高卒認定試験をまずは目指してみようと思う。スタートラインを切るのがかなり遅れちゃったけど、頑張ろうと思う。……それで、だから……」

右手の中で転がしていたそれを、リュックから取り出した。茨城の水族館横の浜辺で拾った、波で削られた丸くて白いただの石なのだけれど、太陽の光に当てるとそれは、誰からも忘れ去られた真珠のように、滑らかに柔らかく輝いた。

「水族館でペンギンを見た時に、教えてくれただろ。彼らのオスはプロポーズする時に、綺麗な石を持ってきてメスにプレゼントするって。僕たちはペンギンじゃないけど、でも、ちゃんとした石は、僕が自分で稼げるようになってから買いたいから、今はこんなので申し訳ないけど……」

受け取ってくれますか。そう言って、七海の右の掌の上にその石をそっと置いた。

「ああ、恥ずかしいな。たぶん君が起きてたら、こんなこと正面切って言えないと思うけど。でも、真剣に考えてるから、君も考えてくれたら嬉しい」

彼女の瞼も、綺麗な睫毛も、細い肩も、石を乗せた手の指先も、動く気配は見えない。最低限の生命活動として呼吸で胸が微かに動くのと、シルクみたいな黒髪が、優しい風に揺れているだけだ。

心に滲む暗い不安や悲しさを追い払うように深呼吸をして、僕は言葉を続ける。諦めて、たまるか。

「あとね、もう一つ渡すものがあるんだ。渡すというか、返す、かな」

僕はシャツの胸ポケットに手をやり、そこに咲いている青い花を抜き取った。数百円程度の安物だけれど、プレゼントした日から、僕に会う時はいつも髪につけてくれていた。僕が倒れる前、七海が僕に渡したヘアピン。

（私は、許すよ）

その言葉が、自責と悔恨の闇に捕らわれた僕に光を与えてくれた。今君が同じ暗闇の中にいるのなら、僕も言ってあげたかった。

「僕は、許すよ」

そして彼女の右耳の上に、その大切なヘアピンを戻した。

「恨んでもいないよ。最初から最後まで、一つも恨んでない。だから君も自分を責めなくていい。母さんも雫も、きっとそう言うと思う。どうやったって二人は戻らないし、その責任を感じてしまうのも、僕もそうだったから、よく分かる。でも、痛みは僕も一緒に背負うから、今度二人で、墓参りに行こうよ」

視線を前にやると、ペールブルーの花畑が、今も優しく風に揺れている。「あなたを許す」という言葉を持った無数の花が。ここは、許しの花畑なんだ。僕は君を許すし、何よりも君自身が、君を許してあげてほしい。

「ねえ、七海。君が一年前に、全部忘れてしまった僕に会いに来た時、こう言ってただろう。『誰かの想い出になりたい』って。今の僕は君の願いならなんでも叶えてあげたいと思ってるけど、でも、そのお願いだけは断りたいんだ。だってさ、人が『想い出になる』って、隣にいなくなって、会えなくなって、過去になるってことだろ？そんなのは嫌なんだ。僕は僕の中で、君を過去の存在になんてしたくない。ずっと隣にいてほしいんだ。一緒に年を取って、何十年も経っておじいちゃんおばあちゃんになって、どっちが先か分からないけど、最後に満足してゆっくり瞼を閉じるその瞬間まで、君は僕の今でいてほしい。だから僕は――」

彼女の右手を、石と一緒に両手で握った。体中に溢れてはち切れそうな決意を込めて、君の切実な願いを否定する愛の言葉を、僕は力強く告げる。

「君を想い出になんてさせない」

絶対に幸せにするから。

だから、帰ってきてよ。

#4　私の過去と、私の未来。

恋をしたのは、いつからだろうか。

それも分からないくらい幼い頃から、彼は私の特別だった。

臆病な私を引っ張ってくれるお兄さんみたいで、どこに行くにも後ろをついていって、一人になったら自分の親よりもまず彼の姿を探して泣いた。

小説や少女漫画の恋愛ものに自分たちを重ねて、登校前の朝の占いに一喜一憂して、話ができればそれだけで一日幸せだった。

中学に上がってから距離を置くようになって、寂しさや不安で毎日胸が痛かった。

だから、あの時。ゴールデンウィークにネモフィラを観に行こうと誘ってくれた時、私がどれだけ嬉しかったか。その夜にどれだけ私が舞い上がっていたかを、彼は知らないだろう。

自宅でいつも寂しく過ごしている私は、彼の家も、家族のみんなも、好きだった。

一人っ子な私には、慕ってくれる雫ちゃんが本当の妹みたいに思えたし、彼のお母さんもお父さんも優しくて、自分がこの家の子だったらよかったのにと思ったこともある。

　彼の家族旅行にまぜてもらって、車の中でドキドキしながら、雫ちゃんの話に何度も笑った。

　たまに耐えがたく寂しくても、母から愛されなくても、それでも私は、十分過ぎるくらいに幸せだった。


　とても強い力で金属が押し潰されるような激しい音。

　世界がひっくり返ったような衝撃と痛み。

　自分の頭が車の窓ガラスにぶつかったのだという事は、少し経ってから理解した。

　消えかかる意識の中で、樹の叫び声が聞こえた。


　次に気が付いたのは病院のベッドの上。私が意識を失っていたのは丸一日ほどだったらしい。色々な検査を受けて、一旦は問題はないと言われたけれど、頭を強く打ったのもあり今後定期的な診察を受けることになった。病院から連絡は行っているはずだけれど、ここに母がいないことが、やっぱり少し、寂しかった。

　みんながどうなったのか、聞くことが怖かった。ずっと胸の中に暗い靄がかかっていた。でも、知らずにいることはとてもできなくて、私は担当のお医者さんに訊いた。一緒にいた人たちはどうなったのか。樹は、雫ちゃんは、彼らのお父さんとお母さんは、どうなったのか。

先生が苦々しい顔で躊躇ってから話してくれた事実は、私の心を真っ黒な絶望で満たした。駆け込んだ樹の病室では、大好きな人がぴくりとも動かずに眠り続けていて、声をかけても、手を握っても、一切の反応がなかった。

本当の妹のようにかわいく思っていた雫ちゃんも、いつか本当のお母さんになってくれたらいいと思っていた玲子さんも、死んでしまった。樹も昏睡状態で、いつ目を覚ますか分からない。

音を立てて心がひび割れていくのを感じていた。

命が意味を失っていくような気分だった。

私が、ネモフィラの花畑を見たいと願わなければ。あの時、あの雑誌を持って行かなければ。みんなを事故に巻き込むことはなかったのに。私のせいだ。私のせいで、みんなが。

不自然なくらいに静かな樹の病室で、心の亀裂に暗闇が滲んでいくのを、一人、感じていた。

＊

私は膝を抱えて砂浜に座り、寄せては返す海の波をぼんやりと眺めている。

ここは暗い。夜のようだけれど、いつまでも明けることがない。星も、月の明かりもない。でも海がそこにあるということは分かる。

波は少しずつ砂浜を削り、今は私の足首まで濡らしている。けれど私はここを動かない。動けない。やがて波は全てを飲み込み、私は暗い海に溶けてなくなってしまうのだろう。

自分が何なのか分からない。名前も想い出も、とうに波にさらわれてしまった。どうしてここにいるのか分からなくて、でも体の内側は、諦めや悲しみや苦しさのような薄暗い感情でいっぱいで、ここから動く気力もなかった。私は、早く消えてしまいたかった。

「どうして生きてるんだろうね」

不意に声が聞こえ、その音が発せられた方を向いた。私の座る右側に、いつの間にか一人の女の子が同じように膝を抱えて座っていて、足元に視線を落としている。突然現れたようにも思えたけれど、もしかしたらずっと前からここにいたのかもしれない。私は私を失い続けているから、確かなことは分からない。

女の子は、誰に向ける言葉なのかも分からない呟くような声量で、言葉を続けた。

「私のせいで、大好きな人の大切な家族が、二人も死んじゃったんだよ。それなのに、どうして私は生きてるんだろう」

そんなこと私に訊かれても、何も答えられない。

「ずっと分からないんだ。望んで生まれたわけじゃないのに、どうして生きなきゃいけないのか。大切にしてくれるつもりがないなら、どうして産んだのか。なんでつらいことがあるのに、生きなきゃいけないのか。全部分からない」

——そうだね、分からない。

「後悔も、痛みも、寂しさも、悲しみも、何もかも捨てて消えちゃえば楽になる。何も考えなくてよくなる。だから私は、私を消し続けてきた」

——消すって、何を？

「想い出を。私が私であることを」

——想い出。私は何も思い出せない。

「私はあなたの過去。あなたは私の延長」

――私は、あなたの未来？

「そう。過去は変えられない。未来は過去を越えていけない。私という過去がある限り、あなたは本当の幸せになんてなれない。あなたが幸せになることを、あなた自身が許さない」

――だから、消したんだね。

「そう。もうすぐ、全部消える」

とぷん、と近くで水の揺れる音がした。気付くと波は私の胸元の高さまで上がっていた。暗い波に飲み込まれた足も、腕も、もう感覚がなくなっている。

そっか。これで楽になれるのか。私はそう思った。

「……でも、すごく寂しいのはなんでだろう。涙が止まらないのは何でだろう。私は私が嫌いなのに、どうして生きてるかも分からないのに、消えようとすることが苦しいのは、何でだろう」

女の子の声は、泣いているように震えていた。かわいそうに感じて、私は声をかけた。

――全部忘れちゃった私には分からないけど、多分、大切なものもそこにあるからじゃないのかな。

「大切なもの？」

——つらいこともあるけど、素敵な想い出もそこにあるから、全部捨ててしまおうとすることが、寂しいんじゃないかな。

「素敵な、想い出。それは、あるよ。もちろんあるよ。でもそれも、私のせいで……。樹は、目覚めなくなって」

いつき。その音の響きに、何か大切なものを思い出せそうな気がした。でも思い出そうとして、自分の中に空いた穴を覗き込もうとすることに、仄暗い恐怖を感じる。

手も足も動かせない私は、心の中でその穴に歩み寄ることをイメージする。怖いけれど、思い出したいと感じる。思い出さなければならないことのような気がする。

消えてしまった想い出は、どこに行くのだろうか。どこにもなくなってしまうのだろうか。いや、本当は全部覚えていて、思い出す道筋を失っているだけ——。そんな話を誰かから聞いたような気がする。それは、誰から？

いつき。いつき。いつき。

頭の中の小さな小さな光を捕まえて、その先に繋がるものを手繰り寄せていく。消えてしまった素敵な記憶。手放してしまった大切な想い出。

誰だっけ。多分、男の子だ。仲が良かった。家族？　友達？　恋人？

（初めは、憂鬱だったよ。突然現れた自称余命一年の女の子に、薄命を盾に恋人ごっこの契約をさせられて、デートさせられて、あれこれ買わされて、その上『日記を書け』だよ。何度ため息をついたか分からないね）

　水の中で聞くようなぼやけた声が、どこか遠くから聞こえてきた。

　恋人ごっこ。そうだ、契約をしたんだっけ。何度もデートした。何をした？

（でも、毎日書いているうちに、ちょっと楽しくなってたんだ。言葉を考えて、自分の記憶や心の内側を文字に残していくという作業が、僕の性に合ってたのかもしれない。もしかして、そんな僕の性質も理解して日記を書かせてたのかな。だとしたら、さすが幼馴染、って感じだよ）

　幼馴染――。いつきは、幼馴染？

（水族館とか、ボウリングとか、海とか、花火とか……。色んな場所に行ったし、色んなことをしたよね。まあほとんどが、僕が連れ回されたり、やらされる形だったけど。でも、渋々付き合ってるような雰囲気出しちゃってたかもしれないけど、本当は、そのどれも、僕は結構楽しんでたんだよ）

　水族館。ボウリング。海。花火。どれも断片的だけれど、闇の中にじんわりと光が滲むように、少しずつ、少しずつ、思い出してくる。

そう、楽しかった。私も、とっても楽しかった。毎日がキラキラと輝いていた。

でも、その先は？

いつき。いつき。樹。真宮、樹。

ずきん、と頭に鋭い痛みが走る。その先は、どうなったんだっけ。

二人で電車に乗って旅行に行った。最後の想い出作りに。最後。最後ってなんだ。

頭痛がひどくなる。ガンガンと叩かれているみたいに。

樹。——樹は、死んじゃったんだっけ。

手に握っていたささやかな光が潰える。黒い波が打ち寄せて私を飲み込む。叫びは泡になって消えていく。

思い出してもしょうがなかった。私にはもう、生きる意味なんてなかった。私の過去が言う通り、もう全部消えて楽になればいいんだ。

（受け取ってくれますか）

また声が聞こえ、私の右手に何かが触れた。冷たく暗い海の中でそこに目を向けると、それは白い石のようで、小さな光にも似ていた。

かつて私のせいで、大切な人たちが死んでしまった。悲しくて苦しくて、自分が許せなくて、私は私を消していくことを選んだ。けれど——

（僕は、許すよ）

　自分の右耳の上辺りにくすぐったいような感触があり、そこに青色の光が灯ったのが見えた。

（恨んでもいないよ。最初から最後まで、一つも恨んでない。だから君も自分を責めなくていい。母さんも雫も、きっとそう言うと思う。どうやったって二人は戻らないし、その責任を感じてしまうのも、僕もそうだったから、よく分かる。でも、痛みは僕も一緒に背負うから、今度二人で、墓参りに行こうよ）

　右手は白い石を強く握って、左手を動かしてヘアピンに触れた。樹が買ってくれた、大切な物。

　未来は過去を越えていけない。過去の私はそう言った。過去は消えない。痛みも自責もなくならない。けれど、一緒に背負おうと言ってくれる人がいる。

　樹は生きている。私の中で凍り付いていた心臓が、とくん、とくん、と音を立てて体中に血を巡らせていく。

　未来は過去から決して切り離せない。でも過去を抱えて進んでいける。今の私には、それができる。

　私は体を動かして、海を潜る。暗くても、右手の石と右耳のヘアピンが光を与えてくれる。全身の力を振り絞って、悔恨の闇を蹴って、深く深くへ潜っていく。きっと、あの子はまだ苦しんでいる。

やがてその姿が見えてきた。何もかもを諦めたように、暗い海中で目を閉じて漂っている。過去の私。絶望した私。腕を伸ばし、彼女の手首を強く掴む。

「まだ終わっちゃだめだ！ 私たちにはまだ未来があるよ！」

彼女は薄く目を開け、力ない声を出す。

「でも、私はもう自分を恨むことに疲れた。楽になりたい」

「私は生きたい！ 樹が待ってる！」

「あなたはあなたが幸せになることを許さないはず」

「それは違う！ 樹は許してくれた！ 一緒に背負おうって言ってくれた！ だから私は、私を許す！」

「私は私を許せない」

「私は未来だ。私はもう変わっていける。過去は変えられなくても、それを受け入れて、背負っていくことはできる。だから、私があなたを許す！」

彼女の腕を引き寄せ、その体を抱きしめた。

「ごめんね、ずっと苦しい思いをさせて。私がもっと早くに、あなたを受け入れてあげればよかったんだ。ごめんね。これからは、私がずっと一緒にいるから」

（だから僕は――）

初めはぼやけていた樹の声は、今ははっきりと聞こえた。

（君を想い出になんてさせない）

抱きしめた彼女の体が光になって、私と一つになった。

私を取り囲む海はもう真っ暗なものではなく、透明な青い光で満ちている。

これから向かう未来に、心臓が高鳴っていく。

きっと、つらいことや悲しいこと、苦しいことは、この先もいっぱいあるだろう。でも、逃げずに、切り捨てずにちゃんと向き合って、受け入れて、生きていこう。今の私には、それができる強さがあると思えるし、一緒に背負ってくれる人もいる。


ゆっくりと瞼を開けていく。光がやけに眩しく感じた。

始めに視界に入ったのは、柔らかく揺れる海だった。

けれどそれは海の波ではなく、花なのだと気付いた。

空色の花。辺り一面、無数に咲き乱れるネモフィラの花畑。

それが風を受けて、優しい海のように揺れている。

ここは天国なのだろうかと、一瞬錯覚する。

でもそうじゃない。ここは私たちが生きるべき「今」なのだ。

そう教えてくれたのは、私の目の前で涙を流しながら、驚きと喜びを同時に表情に浮かべている、大好きな幼馴染の男の子の存在だった。

喜び、愛しさ、感謝。沢山の感情が溢れ、言葉にできない。

だから私は微笑みを浮かべて、全ての感情をひとことに込める。

あなたは、私の帰る場所。そしてここは、あなたと歩む未来。


「ただいま」

あとがき

物語で死を扱うことを卑怯だと指摘する声があります。

この場合、単に「扱う」というよりは、「安易に感動のダシに使う」と表現した方が適切でしょうか。その気持ちは分かります。

大切な人の死というのはどうしても哀しいもので、避けようもなく誰にでもいつかは訪れてしまうそのお別れは、人生最大の悲劇と言っても過言ではないかと思います。

だから、物語に死を登場させると、登場人物の悲しみを容易に演出できるし、そしてその耐えがたい痛みや孤独をそれでも乗り越え、受け入れて、強くあろうとする主人公の感情や成長は、心を熱く揺さぶるものがあります。

僕自身も、物語の中で「死」を扱うことが多いです。これまで出版した本を振り返っても、大小の差はあれど、その要素が含まれていないものはないですね。いや、自著に限らず、世の中に無数にある物語で、死の陰りがひとかけらもないものの方が少ないのではないかと思います。それくらい、死は生と切り離せないもので、時に禁忌のように忌み嫌われながらも、常に我々に寄り添っている、一つの運命なのです。

今作も、序盤から死の気配を漂わせていますが、著者としては「絶対にヒロインを死なせない」という強い思いで構想・執筆をしました。物語の中とはいえ、感動のために可哀想な女の子を犠牲にしたくなかったのです。

日常の中ではつい忘れがちですが、僕も、あなたも、僕の大切な人たちも、いつか死にます。それは数十年後かもしれませんし、考えたくはないですが、もしかしたら明日かもしれません。そう考えると、共に過ごせているこの奇跡みたいな時間を、大事にしていきたいなと思います。説教的なことは書きたくないですが、こんな風に考えるきっかけのためにも、物語で身近な人の死を疑似体験するというのも、小説の意義の一つなのかな、なんて思います。

ところで、作中で樹が読んだ本の作家「月待燈」さんは、僕の別の小説の主人公です。「異なる物語の主人公が、ゲスト的に特別出演する」という演出がとても好きなので、今回は名前だけですが出てもらいました。彼女がどんな人生を歩んだのか、興味のある方は本を探してみていただけると大変嬉しいです。

それでは、ここまで読んでいただけたあなたと、また次のあとがきでお会いできることを願って。さよならは言いません。ありがとうございました。

＜初出＞
本書は書き下ろしです。

メディアワークス文庫

君を、死んでも忘れない。

青海野 灰

2022年1月25日　初版発行

発行者　青柳昌行
発行　株式会社KADOKAWA
〒102－8177　東京都千代田区富士見2－13－3
0570-002-301（ナビダイヤル）
装丁者　渡辺宏一（有限会社ニイナナニイゴオ）
印刷　株式会社暁印刷
製本　株式会社暁印刷

●お問い合わせ
https://www.kadokawa.co.jp/（「お問い合わせ」へお進みください）
※内容によっては、お答えできない場合があります。
※サポートは日本国内のみとさせていただきます。
※Japanese text only

※定価はカバーに表示してあります。

Printed in Japan
ISBN978-4-04-914167-2 C0193

メディアワークス文庫　https://mwbunko.com/

本書に対するご意見、ご感想をお寄せください。

あて先
〒102-8177　東京都千代田区富士見2-13-3
メディアワークス文庫編集部
「青海野 灰先生」係